且读

……

01

余光中

散文精读

余光中 著

浙江人民出版社

图书在版编目（CIP）数据

散文精读·余光中 / 余光中著. —杭州 ：浙江人民出版社，2018.5（2024.1重印）

ISBN 978-7-213-08683-0

Ⅰ. ①散… Ⅱ. ①余… Ⅲ. ①散文集-中国-当代 Ⅳ. ①I267

中国版本图书馆CIP数据核字(2018)第045498号

散文精读·余光中

余光中 著

出版发行：浙江人民出版社（杭州市体育场路347号 邮编 310006）
市场部电话：(0571)85061682 85176516

责任编辑：余慧琴

营销编辑：陈雯怡 陈芊如

特约编辑：谭文太

责任校对：朱 妍

责任印务：程 琳

封面设计：观止堂_未氓

电脑制版：杭州天一图文制作有限公司

印 刷：浙江新华印刷技术有限公司

开 本：880毫米×1230毫米 1/32 印 张：7.125

字 数：131千字 插 页：4

版 次：2018年5月第1版 印 次：2024年1月第14次印刷

书 号：ISBN 978-7-213-08683-0

定 价：36.00元

40岁时的余光中

1 | 3
2 | 4
5

❶ 全家福（摄于 1968 年）
❷ 余光中伉俪（1981 年摄于花莲）
❸ 凝视（1985 年摄于英国爱丁堡）
❹ 余光中伉俪（1992 年摄于长白山顶天池）
❺ 余光中伉俪（1997 年摄于高雄）

余光中在80大寿生日会上朗诵

余光中簡介

福建永春人，1928年生於南京。母親與妻子均常州人，故亦自命江南人。曾謂大陸是母親，台灣是妻子，香港是情人，歐洲是外遇。台大外文系畢業，愛奥華大学碩士，先後任教於師範大学、政治大学、中文大学、中山大学，並在台大、東吴、淡江、東海兼任。

自謂詩、散文、評論、翻譯為其「四度空間」，於此四大文類所著專書逾五十種，近年在大陸與香港所出版之各種選集亦近三十種。詩文作品廣泛收入台灣、大陸、香港三地之課本，頻率最高者為《鄉愁》、《我的四個假想敵》、《听听那冷雨》。

詩作如《鄉愁》、《鄉愁四韻》、《民歌》、《踢踏踢》、《迴旋曲》等屢經楊弦、李泰祥、罗大佑等谱曲，傳唱久遠。其他谱曲人尚包括王洛賓、葉曾駿、馬水龍、陳茂萱、呂泉生、戴金泉、呂咏鳴、羅岱健、应廣儀、周藍萍等。

在藝術方面，余氏之論画之作对於現代画在台灣的發展也有影响。他翻译的《梵谷傳》与論梵谷的專文也鼓舞了不少画家。他先後

A2.

翻譯了王尔德的四齣喜剧，其譯本曾屢在台、港上演，《不可兒戲》演出最頻。他在翻譯上亦多貢獻，先後出版譯書多种，除戲劇外，专以英、美、土耳其之譯詩為著。梁实秋文学奬之翻譯類，廿一年來均由余氏主持出題並参加決審；其譯評譯論亦有廣泛影响。

目录

抒情

散文精读·余光中

人物

散文精读·余光中

游记

散文精读·余光中>>

小品

散文精读·余光中>>

评论

抒情

散文精读·余光中 >>

逍遥游

如果你有逸兴作太清的逍遥游行，如果你想在十二宫中缘黄道而散步，如果在蓝石英的幻境中你欲冉冉升起，蝉蜕蝶化，遗忘不快的自己，总而言之，如果你何幸患上，如果你不幸患了“观星癖”的话，则今夕，偏偏是今夕，你竟不能与我并观神话之墟，实在是太可惜太可惜了。

我的观星，信目所之，纯然是无为的。两睫交瞬之顷，一瞥往返大千，御风而行，泠然善也，泠然善也。原非古代的太史，若有什么冒失的客星，将毛足加诸皇帝的隆腹，也不用我来烦心。也不是原始的舟子，无须在雾气弥漫的海上，裂眦辨认北极的天蒂。更非现代的天文学家或太空人，无须分析光谱或驾驶卫星。科学向太空看，看人类的未来，看月球的新殖民地，看地球人与火星人不可思议的星际战争。我向太空看，看人类的过去，看占星学与天宫图，祭司的梦，酋长的迷信。

于是大度山从平地涌起，将我举向星际，向万籁之上，霓虹之上。太阳统治了钟表的世界。但此地，夜犹未央，光族在钟表之外闪烁。亿兆部落的光族，在令人目眩的距离，交射如是微渺的清辉。半克拉的孔雀石。七分之一的黄玉扇坠。千分之一克拉的血胎玛瑙。盘古斧下的金刚石矿，天文学采不完万分之一。天河蜿蜒着敏感的神经，首尾相衔，传播高速而精致的触觉，南天穹的星阀热烈而显赫地张着光帜，一等星、二等星、三等星，争相炫耀他们的家谱，从Alpha到Beta到Zeta到Omega，串起如是的辉煌，迤逦而下，尾扫南方的地平。亘古不散的假面舞会，除倜傥不羁的彗星，除爱放烟火的陨星，除垂下黑面纱的朔月之外，星图上的姓名全部亮起。后羿的逃妻所见如此。自大狂的李白，自虐狂的李贺所见如此。利玛窦和徐光启所见亦莫不如此。星象是一种最晦涩的灿烂。

北天的星貌森严而冷峻，若阳光不及的冰柱。最壮丽的是北斗七星。这局棋下得令人目摇心悸，大惑不解。自有八卦以来，任谁也挪不动一只棋子，从天枢到瑶光，永恒的颜面亿代不移。棋局未终，观棋的人类一代代死去。维北有斗，不可以挹酒浆。圣人以前，诗人早有这狂想。想你在平旷的北方，峨巍地升起，阔大的斗魁上斜着偌长的斗柄，但不能酌一滴饮早期的诗人。那是天真的时代，圣人未生，青牛未西行。那是青铜时代，云梦的瘴疠未开，鱼龙遵守大禹的秩序，吴市的吹箫客白发未白。那是多神的时代，汉族会唱歌的时代，摽有梅野有蔓草，自由恋爱的时代。快乐的Pre-Confucian的时代。

百仞下，台中的灯网交织现代的夜。湿红流碧，林荫道的彼端，霓虹茎连的繁华。脚下是，不快乐的Post-Confucian的时代。凤凰不至，麒麟绝迹，龙只是观光事业的商标。八佾在龙山寺凄凉地舞着。圣裔饕餮着国家的俸禄。龙种流落在海外。诗经蟹行成英文。谁谓河广，一苇杭之。招商局的吨位何止一苇，奈何河广如是，浅浅的海峡隔绝如是！人人尽说江南好，游人只合江南老。今人竟羡古人能老于江南。江南可哀，可哀的江南。唯庾信头白在江南之北，我们头白在江南之南。嘉陵江上，听了八年的鹧鸪，想了八年的后湖，后湖的黄鹂。过了十五个台风季，淡水河上，并蜀江的鹧鸪亦不可闻。帝遣巫阳招魂，在海南岛上，招北宋的诗人。“魂兮归来，南方不可以止些！”这里已是中国的至南，雁阵惊寒，也不越浅浅的海峡。雁阵向衡山南下。逃亡潮冲击着香港。留学女生向东北飞，成群的孔雀向东北飞，向新大陆。有一种候鸟只去不回。

怒而飞，其翼若垂天之云，抟扶摇而上者九万里。喷射机在云上滑雪，多逍遥的游行！曾经，我们也是泱泱的上国，万邦来朝，皓首的苏武典多少属国。长安矗第八世纪的纽约，西来的驼队，风沙的软蹄踏大汉的红尘。曾几何时，五陵少年竟亦洗碟子，端菜盘，背负摩天楼沉重的阴影。而那些长安的丽人，不去长堤，便深陷书城之中，将自己的青春编进洋装书的目录。当你的情人已改名玛丽，你怎能送她一首菩萨蛮？历史健忘，难为情的，是患了历史感的个人。三十六岁，常怀千岁的忧愁。千岁前，宋朝第一任天子刚登基，黄袍犹新，一朵芬芳的文化欲绽放。欧洲在深邃的中世纪深处冬眠，拉丁文的祈祷有若梦呓。知晦朔的朝菌最可悲。八股文。裹脚巾。阿Q的辫子。鸦片的毒氛。租界流满了惨案流满了租界。大国的青睐翻成了白眼。小国反复着排华运动。朝菌死去，留下更阴湿的朝菌，而晦朔犹长，夜犹未央。东方的大帝国纷纷死去。巴比伦死去。波斯和印度死去。亚洲横陈史前兽的遗骸，考古学家的乐园是废墟。南有冥灵，以五百岁为春，五百岁为秋。惠蛄啊惠蛄，我们是阅历春秋的惠蛄。不，我们阅历的，是战国，是军阀，是太阳旗，是弯弯的镰刀如月。

夜凉如浸。虫吟如泣。星子的神经系统上，挣扎着许多折翅的光源。如果你使劲拧天蝎的毒尾，所有的星子都会呼痛。但那只是一瞬间的幻觉罢了。天苍苍何高也，绝望的手臂岂得而扪之？永恒仍然在拍打密码，不可改不可解的密码，自补天自屠日以来，就写在那上面，那种磷质的形象！似乎在说：就是这个意思。不周山倾时天柱倾时是这个意思。长城下，运河边是这个意思。扬州和嘉定的大屠城是这个意思。卢沟桥上，重庆的山洞里，莫非是这个意思。然则御风飞行，泠然善乎，泠然善乎？然则孔雀东北飞，是逍遥游乎，是行路难乎？曾经，也在密西西比的岸边，一座典型的大学城里，面对无欢的西餐，停杯投叉，不能卒食。曾经，立在密歇根湖岸的风中，看冷冷的日色下，钢铁的芝城森寒而黛青。日近，长安远。迷失的五陵少年，鼻酸如四川的泡菜。曾经啊，无寐的冬夕，立在雪霁的星空下，流泪想刚死的母亲，想初出世的孩子。但不曾想到，死去的不是母亲，是古中国，初生的不是女婴，是五四。喷射云两日的航程，感情上飞越半个世纪。总是这样。松山之后是东京之后是阿拉斯加是西雅图。上有青冥之长天，下有渌水之波澜。长风破浪，云帆可济沧海。行路难。行路难。沧海的彼岸，是雪封的思乡症，是冷冷清清的圣诞，空空洞洞的信箱，和更空洞的学位。

是的，这是行路难的时代。逍遥游，只是范蠡的传说。东行不易，北归更加艰难。兵燹过后，江南江北，可以想见有多荒凉。第二度去国的前夕，曾去佛寺的塔影下祭告先人的骨灰。锈铜钟敲醒的记忆里，二百根骨骼重历六年前的痛楚。六年了，前半生的我陪葬在这小木匣里。我生在王国维投水的次年。封闭在此中的，是沦陷区的岁月，抗战的岁月，仓皇南奔的岁月，行路难的记忆，逍遥游的幻想。十岁的男孩，已经咽下国破的苦涩。高淳古刹的香案下，听一夜妇孺的惊呼和悲啼。太阳旗和游击队拉锯战的地区，白昼匿太湖的芦苇丛中，日落后才摇橹归岸，始免于锯齿之噬。舟沉太湖，母与子抱宝丹桥础始免于溺死。然后是上海的法租界。然后是香港海上的新年。滇越路的火车上，览富良江岸的桃花。高亢的昆明。险峻的山路。母子颠簸成两只黄鱼。然后是海棠溪的渡船，重庆的团圆。月圆时的空袭，迫人疏散。于是六年的中学生活开始，草鞋磨穿，在悦来场的青石板路。令人涕下的抗战歌谣。令人近视的教科书和油灯。桐油灯的昏焰下，背新诵的古文，向鬓犹未斑的父亲，向扎鞋底的母亲，伴着瓦上急骤的秋雨急骤地灌肥巴山的秋池……钟声的余音里，黄昏已到寺，黑僧衣的蝙蝠从逝去的日子里神经质地飞来。这是台北的郊外，观音山已经卧下来休憩。

栩栩然蝴蝶。蘧蘧然庄周。巴山雨。台北钟。巴山夜雨。拭目再看时，已经有三个小女孩喊我父亲。熟悉的陌生，陌生的变成熟悉。千级的云梯下，未完的出国手续待我去完成。将有远游。将经历更多的关山难越，在异域。又是松山机场的挥别，东京御河的天鹅，太平洋的云层，芝加哥的黄叶。六年后，北太平洋的卷云，犹卷着六年前乳色的轻罗。初秋的天一天比一天高。初秋的云，一片比一片白净比一片轻。裁下来，宜绘唐寅的扇面，题杜牧的七绝。且任它飞去，且任它羽化飞去。想这已是秋天了，内陆的蓝空把地平都牧得很辽很远。北方的黄土平野上，正是驰马射雕的季节。雕落下。雁落下。萧萧的红叶红叶啊落下，自枫林。于是下面是冷碧伶仃的吴江。于是上面，只剩下白寥寥的无限长的楚天。怎么又是九月又是九月了呢？木兰舟中，该有楚客扣舷而歌，“悲哉秋之为气也，憭栗兮若在远行！”

远行。远行。念此际，另一个大陆的秋天，成熟得多美丽。碧云天。黄叶地。爱荷华的黑土沃原上，所有的瓜该又重又肥了。印第安人的落日熟透时，自摩天楼的窗前滚下。当暝色登高楼的电梯，必有人在楼上忧愁。摩天三十六层楼，我将在哪一层朗吟登楼赋？可想到，即最高的一层，也眺不到长安？当我怀乡，我怀的是大陆的母体，啊，诗经中的北国，楚辞中的南方！当我死时，愿江南的春泥覆盖在我的身上，当我死时。

当我死时。当我生时。当我在东南的天地间漂泊。战争正在海峡里焚烧。饿殍和冻死骨陈尸在中原。黄巾之后有董卓的鱼肚白有安禄山的鱼肚白后有赤眉有黄巢有白莲。始皇帝的赤焰们在高呼，战神万岁！战争燃烧着时间燃烧着我们，燃烧着你们的鬈发我们的眉睫。当我死时，老人星该垂下白髯，战火烧不掉的白髯，为我守坟。吾所以有大患者，为吾有身。当我物化，当我归彼大荒，我必归彼芥子归彼须弥归彼地下之水空中之云。但在那之前，我必须塑造历史，塑造自己的花岗石面，当时间在我的呼吸中燃烧。当我的三十六岁在此刻燃烧在笔尖燃烧在创造创造里燃烧。当我狂吟，黑暗应匍匐静听，黑暗应见我须发奋张，为了痛苦地欢欣地热烈而又冷寂地迎接且抗拒时间的巨火，火焰向上，挟我的长发挟我如翼的长发而飞腾。敢在时间里自焚，必在永恒里结晶。

维北有斗，不可以挹酒浆。有一种疯狂的历史感在我体内燃烧，倾北斗之酒亦无法烧熄。有一种时间的乡愁无药可医。台中的夜市在山麓奇幻地闪烁，紫水晶的盘中眨着玛瑙的眼睛。相思林和凤凰木外，长途巴士沉沉地自远方来，向远方去，一若公路起伏的鼾息。空中弥漫着露滴的凉意，和新割过的草根的清香。当它沛沛然注入肺叶，我的感觉遂透彻而无碍，若火山脚下，一块纯白多孔的浮石。清醒是幸福的。未来的大劫中，惟清醒可保自由。星空的气候是清醒的秩序。星空无限，大罗盘的星空啊，创宇宙的抽象大壁画，玄妙而又奥秘，百思不解而又百读不厌，而又美丽得令人绝望地赞叹。天河的巨瀑喷洒而下，蒸起螺旋的星云和星云，但水声敻渺得永不可闻。光在卵形的空间无休止地飞啊飞，在天河的漩涡里作星际航行，无所谓现代，无所谓古典，无所谓寒武纪或冰河时期。美丽的卵形里诞生了光，千轮太阳，千只硕大的蛋黄。美丽的卵形诞生了我，亦诞生后稷和海伦。七夕已过，织女的机杼犹纺织多纤细的青白色的光丝。五千年外，指环星云犹谜样在旋转。这婚礼永远在准备，织云锦的新娘永远年轻。五千年前，我的五立方的祖先正在昆仑山下正在黄河源濯足。然则我是谁呢？我是谁呢？呼声落在无回音的，岛宇宙的边陲。我是谁呢？我——是——谁？一瞬间，所有的光都息羽回顾，猬集在我的睫下。你不是谁，光说，你是一切。你是侏儒中的侏儒，至小中的至小。但你是一切。你的魂魄烙着北京人全部的梦魇和恐惧。只要你愿意，你便立在历史的中流。在战争之上，你应举起自己的笔，在饥馑在黑死病之上。星裔罗列，虚悬于永恒的一顶皇冠，多少克拉多少克拉的荣耀，可以为智者为勇者加冕，为你加冕。如果你保持清醒，而且屹立得够久。你是空无。你是一切。无回音的大真空中，光，如是说。

一九六四年八月二十日于台北

听听那冷雨

惊蛰一过，春寒加剧。先是料料峭峭，继而雨季开始，时而淋淋漓漓，时而淅淅沥沥，天潮潮地湿湿，即连在梦里，也似乎把伞撑着。而就凭一把伞，躲过一阵潇潇的冷雨，也躲不过整个雨季。连思想也都是潮润润的。每天回家，曲折穿过金门街到厦门街迷宫式的长巷短巷，雨里风里，走入霏霏令人更想入非非。想这样子的台北凄凄切切完全是黑白片的味道，想整个中国整部中国的历史无非是一张黑白片子，片头到片尾，一直是这样下着雨的。这种感觉，不知道是不是从安东尼奥尼那里来的。不过那一块土地是久违了，二十五年，四分之一的世纪，即使有雨，也隔着千山万山，千伞万伞。二十五年，一切都断了，只有气候，只有气象报告还牵连在一起。大寒流从那块土地上弥天卷来，这种酷冷吾与古大陆分担。不能扑进她怀里，被她的裾边扫一扫吧也算是安慰孺慕之情。

这样想时，严寒里竟有一点温暖的感觉了。这样想时，他希望这些狭长的巷子永远延伸下去，他的思路也可以延伸下去，不是金门街到厦门街，而是金门到厦门。他是厦门人，至少是广义的厦门人，二十年来，不住在厦门，住在厦门街，算是嘲弄吧，也算是安慰。不过说到广义，他同样也是广义的江南人，常州人，南京人，川娃儿，五陵少年。杏花春雨江南，那是他的少年时代了。再过半个月就是清明。安东尼奥尼的镜头摇过去，摇过去又摇过来。残山剩水犹如是。皇天后土犹如是。纭纭黔首纷纷黎民从北到南犹如是。那里面是中国吗？那里面当然还是中国永远是中国。只是杏花春雨已不再，牧童遥指已不再，剑门细雨渭城轻尘也都已不再。然则他日思夜梦的那片土地，究竟在哪里呢？

在报纸的头条标题里吗？还是香港的谣言里？还是傅聪的黑键白键马思聪的跳弓拨弦？还是安东尼奥尼的镜底勒马洲的望中？还是呢，故宫博物院的壁头和玻璃橱内，京戏的锣鼓声中太白和东坡的韵里？

杏花。春雨。江南。六个方块字，或许那片土就在那里面。而无论赤县也好神州也好中国也好，变来变去，只要仓颉的灵感不灭美丽的中文不老，那形象，那磁石一般的向心力当必然长在。因为一个方块字是一个天地。太初有字，于是汉族的心灵他祖先的回忆和希望便有了寄托。譬如凭空写一个“雨”字，点点滴滴，滂滂沱沱，淅沥淅沥淅沥，一切云情雨意，就宛然其中了。视觉上的这种美感，岂是什么 rain 也好 pluie 也好所能满足？翻开一部《辞源》或《辞海》，金木水火土，各成世界，而一入“雨”部，古神州的天颜千变万化，便悉在望中，美丽的霜雪雲霞，骇人的雷電霹雹，展露的无非是神的好脾气与坏脾气，气象台百读不厌门外汉百思不解的百科全书。

听听，那冷雨。看看，那冷雨。嗅嗅闻闻，那冷雨。舔舔吧，那冷雨。雨在他的伞上这城市百万人的伞上雨衣上屋上天线上，雨下在基隆港在防波堤在海峡的船上，清明这季雨。雨是女性，应该最富于感性。雨气空蒙而迷幻，细细嗅嗅，清清爽爽新新，有一点点薄荷的香味，浓的时候，竟发出草和树沐发后特有的淡淡土腥气，也许那竟是蚯蚓和蜗牛的腥气吧，毕竟是惊蛰了啊。也许地上的地下的生命也许古中国层层叠叠的记忆皆蠢蠢而蠕，也许是植物的潜意识和梦吧，那腥气。

第三次去美国，在高高的丹佛他山居了两年。美国的西部，多山多沙漠，千里干旱，天，蓝似盎格鲁—撒克逊人的眼睛，地，红如印第安人的肌肤，云，却是罕见的白鸟。落基山簇簇耀目的雪峰上，很少飘云牵雾。一来高，二来干，三来森林线以上，杉柏也止步，中国诗词里“荡胸生层云”，或是“商略黄昏雨”的意趣，是落基山上难睹的景象。落基山岭之胜，在石，在雪。那些奇岩怪石，相叠互倚，砌一场惊心动魄的雕塑展览，给太阳和千里的风看。那雪，白得虚虚幻幻，冷得清清醒醒，那股皑皑不绝一仰难尽的气势，压得人呼吸困难，心寒眸酸。不过要领略“白云回望合，青霭入看无”的竟界，仍须回来中国。台湾湿度很高，最饶云气氤氲雨意迷离的情调。两度夜宿溪头，树香沁鼻，宵寒袭肘，枕着润碧湿翠苍苍交叠的山影和万籁都歇的岑寂，仙人一样睡去。山中一夜饱雨，次晨醒来，在旭日未升的原始幽静中，冲着隔夜的寒气，踏着满地的断柯折枝和仍在流泻的细股雨水，一径探入森林的秘密，曲曲弯弯，步上山去。溪头的山，树密雾浓，蓊郁的水气从谷底冉冉升起，时稠时稀，蒸腾多姿，幻化无定，只能从雾破云开的空处，窥见乍现即隐的一峰半壑，要纵览全貌，几乎是不可能的。至少入山两次，只能在白茫茫里和溪头诸峰玩捉迷藏的游戏。回到台北，世人问起，除了笑而不答心自闲，故作神秘之外，实际的印象，也无非山在虚无之间罢了。云缭烟绕，山隐水迢的中国风景，由来予人宋画的韵味。那天下也许是赵家的天下，那山水却是米家的山水。而究竟，是米氏父子下笔像中国的山水，还是中国的山水上纸像宋画，恐怕是谁也说不清楚了吧？

雨不但可嗅，可观，更可以听。听听那冷雨。听雨，只要不是石破天惊的台风暴雨，在听觉上总是一种美感。大陆上的秋天，无论是疏雨滴梧桐，或是骤雨打荷叶，听去总有一点凄凉，凄清，凄楚，于今在岛上回味，则在凄楚之外，更笼上一层凄迷了。饶你多少豪情侠气，怕也禁不起三番五次的风吹雨打。一打少年听雨，红烛昏沉。二打中年听雨，客舟中，江阔云低。三打白头听雨在僧庐下，这便是亡宋之痛，一颗敏感心灵的一生：楼上，江上，庙里，用冷冷的雨珠子串成。十年前，他曾在一场摧心折骨的鬼雨中迷失了自己。雨，该是一滴湿漓漓的灵魂，窗外在喊谁。

雨打在树上和瓦上，韵律都清脆可听。尤其是铿铿敲在屋瓦上，那古老的音乐，属于中国。王禹偁在黄冈，破如椽的大竹为屋瓦。据说住在竹楼上面，急雨声如瀑布，密雪声比碎玉，而无论鼓琴，咏诗，下棋，投壶，共鸣的效果都特别好。这样岂不像住在竹筒里面，任何细脆的声响，怕都会加倍夸大，反而令人耳朵过敏吧。

雨天的屋瓦，浮漾湿湿的流光，灰而温柔，迎光则微明，背光则幽暗，对于视觉，是一种低沉的安慰。至于雨敲在鳞鳞千瓣的瓦上，由远而近，轻轻重重轻轻，夹着一股股的细流沿瓦槽与屋檐潺潺泻下，各种敲击音与滑音密织成网，谁的千指百指在按摩耳轮。“下雨了。”温柔的灰美人来了，她冰冰的纤手在屋顶拂弄着无数的黑键啊灰键，把晌午一下子奏成了黄昏。

在古老的大陆上，千屋万户是如此。二十多年前，初来这岛上，日式的瓦屋亦是如此。先是天暗了下来，城市像罩在一块巨幅的毛玻璃里，阴影在户内延长复加深。然后凉凉的水意弥漫在空间，风自每一个角落里旋起，感觉得到，每一个屋顶上都呼吸沉重覆着灰云。雨来了，最轻的敲打乐敲打这城市，苍茫的屋顶，远远近近，一张张敲过去，古老的琴，那细细密密的节奏，单调里自有一种柔婉与亲切，滴滴点点滴滴，似幻似真，若孩时在摇篮里，一曲耳熟的童谣摇摇欲睡，母亲吟哦鼻音与喉音。或是在江南的泽国水乡，一大筐绿油油的桑叶被啮于千百头蚕，细细琐琐屑屑，口器与口器咀咀嚼嚼。雨来了，雨来的时候瓦这么说，一片瓦说千亿片瓦说，说轻轻地奏吧沉沉地弹，徐徐地叩吧嗒嗒地打，间间歇歇敲一个雨季，即兴演奏从惊蛰到清明，在零落的坟上冷冷奏挽歌，一片瓦吟千亿片瓦吟。

在日式的古屋里听雨，听四月，霏霏不绝的黄梅雨，朝夕不断，旬月绵延，湿黏黏的苔藓从石阶下一直侵到他舌底，心底。到七月，听台风台雨在古屋顶上一夜盲奏，千寻海底的热浪沸沸被狂风挟来，掀翻整个太平洋只为向他的矮屋檐重重压下，整个海在他的蜗壳上哗哗泻过。不然便是雷雨夜，白烟一般的纱帐里听羯鼓一通又一通，滔天的暴雨滂滂沛沛扑来，强劲的电琵琶忐忐忑忑忐忑忑，弹动屋瓦的惊悸腾腾欲掀起。不然便是斜斜的西北雨斜斜，刷在窗玻璃上，鞭在墙上，打在阔大的芭蕉叶上，一阵寒濑泻过，秋意便弥漫日式的庭院了。

在日式的古屋里听雨，春雨绵绵听到秋雨潇潇，从少年听到中年，听听那冷雨。雨是一种单调而耐听的音乐是室内乐是室外乐，户内听听，户外听听，冷冷，那音乐。雨是一种回忆的音乐，听听那冷雨，回忆江南的雨下得满地是江湖下在桥上和船上，也下在四川在秧田和蛙塘下肥了嘉陵江下湿布谷咕咕的啼声。雨是潮潮润润的音乐下在渴望的唇上舐舐那冷雨。

因为雨是最最原始的敲打乐从记忆的彼端敲起。瓦是最最低沉的乐器灰蒙蒙的温柔覆盖着听雨的人，瓦是音乐是雨伞撑起。但不久公寓的时代来临，台北你怎么一下子长高了，瓦的音乐竟成了绝响。千片万片的瓦翩翩，美丽的灰蝴蝶纷纷飞走，飞入历史的记忆。现在雨下下来下在水泥的屋顶和墙上，没有音韵的雨季。树也砍光了，那月桂，那枫树，柳树和擎天的巨椰，雨来的时候不再有丛叶嘈嘈切切，闪动湿湿的绿光迎接。鸟声减了啾啾，蛙声沉了咯咯，秋天的虫吟也减了唧唧。二十世纪七十年代的台北不需要这些，一个乐队接一个乐队便遣散尽了。要听鸡叫，只有去《诗经》的韵里寻找。现在只剩下一张黑白片，黑白的默片。

正如马车的时代去后，三轮车的时代也去了。曾经在雨夜，三轮车的油布篷挂起，送她回家的途中，篷里的世界小得多可爱，而且躲在警察的辖区以外。雨衣的口袋越大越好，盛得下他的一只手里握一只纤纤的手。台湾的雨季这么长，该有人发明一种宽宽的双人雨衣，一人分穿一只袖子，此外的部分就不必分得太苛。而无论工业如何发达，一时似乎还废不了雨伞。只要雨不倾盆，风不横吹，撑一把伞在雨中仍不失古典的韵味。任雨点敲在黑布伞或是透明的塑胶伞上，将骨柄一旋，雨珠向四方喷溅，伞缘便旋成了一圈飞檐。跟女友共一把雨伞，该是一种美丽的合作吧。最好是初恋，有点兴奋，更有点不好意思，若即若离之间，雨不妨下大一点。真正初恋，恐怕是兴奋得不需要伞的，手牵手在雨中狂奔而去，把年轻的长发和肌肤交给漫天的淋淋漓漓，然后向对方的唇上颊上尝凉凉甜甜的雨水。不过那要非常年轻且激情，同时，也只能发生在法国的新潮片里吧。

大多数的雨伞想来不会为约会张开。上班下班，上学放学，菜市来回的途中，现实的伞，灰色的星期三。握着雨伞，他听那冷雨打在伞上。索性更冷一些就好了，他想。索性把湿湿的灰雨冻成干干爽爽的白雨，六角形的结晶体在无风的空中回回旋旋地降下来，等须眉和肩头白尽时，伸手一拂就落了。二十五年，没有受故乡白雨的祝福，或许发上下一点白霜是一种变相的自我补偿吧。一位英雄，禁得起多少次雨季？他的额头是水成岩还是火成岩削成？他的心底究竟有多厚的苔藓？厦门街的雨巷走了二十年与记忆等长，一座无瓦的公寓在巷底等他，一盏灯在楼上的雨窗子里，等他回去，向晚餐后的沉思冥想去整理青苔深深的记忆。前尘隔海。古屋不再。听听那冷雨。

一九七四年春分之夜

山　缘

一

外地的朋友初来香港，都以为这地方不过是一大叠摩天楼挤在一起，一边是海港，另一边呢，大概就是中国大陆了。这印象大概来自旺角、尖沙咀、中环的闹市。除此之外，他们大半不知道还有个腹地深广而且仍具田园风味的新界，更别提那许多各有洞天的离岛。

香港的面积约为新加坡的两倍，却因地形复杂，海岸弯曲，显得比新加坡大出好几倍来。香港街上人多，是有名的。你走在旺角的街头，似乎五百万人全在你肘边。不过香港也多山，多岛，多半岛。推开香港的窗子，十扇里面至少有七扇是对着海。不是对着同一片海，是对着大小不一色调各殊的水域，有的是文静的内湾如湖，有的是浩渺的外海无际，有的是两岸相望的海峡。地形如此分割，隔出了无数的小千世界。我有好些开车的朋友，住在九龙的不敢贸然驶去港岛，住在港岛的呢，轻易也不愿开过海来。我住在沙田，离尖沙咀的繁华焦点不过十二英里，中间不过十二盏红灯。可是说来你也不信，航空信到我的信箱里，要比城里晚上一天，甚或两天。尽管世界正变成地球村，沙田却比尖沙咀慢了一日。谁教沙田的风景那么好呢，美，不免要靠距离。迟一天收信有什么关系，世界可以等一等。

一位朋友初从台湾来，站在我的阳台上看海，神情略带紧张地指着对岸的一列青山说："那就是大陆吗？"我笑起来，说"不是的。在这里，凡你所见的山和水，全是香港。你看对面，有好几个峰头肩膀连在一起，那是八仙岭。翻过脊去，背后是麻雀岭。再过去，才是宝安县界。香港，比你想象的要大很多。"

二

我这一生，有三次山缘。中学时代在四川的乡下，四面都是青山，门对着日夜南去的嘉陵江，夜深山静，就听到坡下的江声隐隐，从谷口一路传来。后来去美国的丹佛教书，在落基排空的山影里过了两年。在丹佛，如果你朝西走，每一条街的尽头都是山影，不是一峰独兀，而是群山竞起。如果你朝西开车，就得把天空留在外面，因为几个转弯之后，你就陷入怪石的重围里去了。落基山地高亢而干燥，那一丛丛一簇簇鸟飞不上的绝峰，没有飘云可玩，只有积雪可戴。那许多高洁的雪峰，琼列天外，静绝人间，那一组不可相信却又不许惊呼的奇迹，就那么日夜供在天地之间，任我骇观了两年。

第三次山缘，在沙田。整个新界只是大陆母体生出来的一个半岛，而自身又生出许多小半岛来，探入浩阔的南中国海。海也是一样，伸进半岛之间成了内湾，再伸进更小的半岛之间成为小港。就这样，山与水互为虚实，绸缪得不可分解。山用半岛来抱海，海用港湾来拥山：海岸线，正是缠绵的曲线，而愈是曲折，这拥抱就愈见缠绵。我面前这一泓虚澄澄的吐露港上，倒映着参差交叠的侧峰横岭。浅青淡紫的脊线起起伏伏，自围成一个天地。这十年悠永的山缘，因水态而变化多姿。山的坚毅如果没有水的灵活来对照，那气象便单调而逊色了。丹佛的山缘可惜缺水。四川的山缘回响着水声，增添了袅袅的情韵。沙田的山缘里水韵更长。这里原是水蓝的世界，从水上看来，无论多磅礴多严重的山势都浮泛在空碧的波上，石根磐柢所托，不过是一汪透明。山为水而开颜，水为风而改态，风景便活泼起来了。其间再飞回几只鸥，就算是水的灵魂。

文静如湖的吐露港，风软波柔，一片潋滟的蓝光，与其说是海的女儿，不如看作湖的表妹。港上的岛屿、半岛、长堤、渡轮，都像是她的佩饰，入夜后，更亮起渔火与曳长如链的橘色雾灯。这样明艳惹眼的水美人，朝暮供奉之不足，我岂敢私有？不过堤内的船湾淡水湖，千顷的纯碧放得下整个九龙半岛，水面谧无帆樯，似乎鸥鹭都不敢狎近，在我私心深处倒有点视为禁区，不希望别人鲁莽闯入。幸好她远在边陲，美名尚未远播，所以还没有怎么招引游人。台湾的朋友来港，只要天色晴美，我总是带去惊艳一番。一上了那六千英尺的长堤，外面的海色尚未饫足，一回头更讶异这里面的湖光，竟然另辟出一个清明的世界。左顾右盼的朋友，总不免猛然吸一口气，叹道："想不到香港还有这样的景色！"于是一股优越感油然从我的心底升起。谁教他那样低估了香港呢，这猝不及防的一记"美之奇袭"，正是对他的薄惩。

惊艳稍定，不容来客多事反省，便匆匆推他上车，绕过雄赳赳的八仙岭，一路盘上坡去。新娘潭、乌蛟腾，也许下车一游，但往往过而不入。到鹿颈，则一定会停下车来，一方面为了在这三家村的小野店里吃一碗鱼丸米粉；另一方面，因为这里已经是天涯海角，再向前走就没有路了。所以叫作鹿颈，也许就是路尽了吧。

其实鹿颈再向前走并不是没有路，而是只有"单路"了。不是单行道，而是路面忽然变窄，只容一车驶过，可是对面仍然有车驶来，所以每隔三四十丈路面就得拓出一个半月形来，作避车之用。来去的车就这么一路相望而互让，彼此迁就着过路，也有一种默契心照的温情。偶尔也会绝路相对，两车都吃了一惊，总有一方倒车让路，退进半圆的避车处去。这条"绝处逢生的单路”，这头从鹿颈进去，那头接通沙头角公路出来，曲折成趣，竟然也有两公旦的光景。可以想见，一路车辆不多，行人更是绝少，当然自成一片洞天，真是天才的妙想。

这条幽道的另一妙处，是一路紧贴着水边，所以一边是山。一边是沙头角海，简直可以说是为了看海而开。可是把我们招来这一带水乡的最大诱因，却是盐灶下对面的鹭洲。这“盐灶下”原是岸边的村名，对面湾中的鹭洲则是一座杂树丛生的小屿，不过一百码宽的光景，是野生禽类的保护区。岛上栖满了白鹭，总有七八十只。最好看是近暮时分，一只只飞回岛上，起起落落，栖息未定的样子。那一鹭鹭高雅的皎白，回翔在树丛青绿的背景上，强调得分外醒眼。这些都是黑腿黄喙的大白鹭，长而优美的颈项弯成天鹅的S状，身长大约三十五英寸。有时会成群立在水浅处的石上，一齐迎风对着潮来的方向，远远望去，好像是虚踏在波间。俯首如在玄思，其实是在搜寻游鱼。最妙的绝技是灵迅地掠过水面，才一探喙，便翩翩拍翅飞起，嘴里却多了一尾小鱼，正在惶急地扭挣。

我们最爱在近岛的避车处歇下，面海坐在水边。群鹭看海，我们看鹭。偶然有一只挥动白羽，那样轻逸地滑翔在半空，把白点曳成了白线，顿时，风景也生动了起来。再栖定下来时，山还是山，水还是水。麻雀岭这一边屏住的世界，什么也没有发生，古渡舟横，只有野烧的白烟从从容容地在四围山色里升起。若问那一群涉水的白衣羽客，麻雀岭的背后是怎样的天空，你一定得不到答案。面对这一湾太平的水光和岚气，岁月悠悠，谁相信一山之隔，那一边曾经被“文化大革命”捣得天翻地覆。而这一边，直到今天，矮矮的红树林仍然安静地蹲在岸边，白花花的鸭队仍然群噪着池塘。每次我们都说，鸟族知己的刘克襄如果来此地一巡，必定大乐。

不知有汉，无论魏晋。虽然沙头角在远处撑起了高厦，成为一角缺陷，这一片净土与清水却躲过了文明。泥头车、开土机都绕道而行，没有一头鹭被废气呛得咳嗽。我的朋友说：“到了这里，一切都透明了。心里也是沙明水净。”于是我们像孩子一般漂起水花来。这一带，是我私心的一只宝盒，即连对自己也不轻易揭开，怕揭得次数多了，会把梦放掉。有时候也愿意让过境的朋友来一窥，而每次，车从鹿颈进去，都像是在轻启梦的宝盖。

鹿颈之为盒盖，不仅因为单路从这里开始，更因为那几户人家是蜷偎在山脚下，要绕过一座压人面额的绝壁，才会像顿悟一样，猝然发现里面的天地。香港多山，才会有这种峰回路转开阖多变的胜境。山丘占香港陆地的四分之三，但是土层稀薄，土壤不够肥沃，只能养出离离的青草和灌木，因此境内有不少较高的山峰都露出嶙峋的石壁或是荒野的陡坡，仰眺只见一片锈赭或淡紫红色。地质学家说，大约在两亿五千万年前的中生代，这里有剧烈的造山运动，被神力褶皱的变质岩与结晶岩里，侵入了花岗岩与火山岩。这也许可以说明，此地的山色为什么会呈赭紫带褐之色；像吐露港隔水的八仙岭，在山腰以上，尤其是到了秋后，就见这种色调。每次驶过山下，一瞥之际，总有重见落基山颜的幻觉。

三

境内的几座名山，要论魁伟雄奇，自然比不上落基山脉那么压地凌天。单论高度，那条山脉仅在科罗拉多一州就有五十四峰拔尖到一万四千英尺以上。香港境内的最高峰在大帽山，也不过九百五十八公尺，只到落基的膝下。不过就当地而言，一座山是否显得出众，还要看四周的地势。半岛多如复肢的新界，水近地窄，山势往往无端陡起，不留余地，一下子就劫去了半个天空，令人吃惊。马鞍山北侧的坡势那么峻急，到海边却戛然煞住，真是崖岸自高。狮子山南面而君临九龙，筋骨毕现而顶额突兀的石貌下，大小车辆到此，不由得不偎着狮爪匍匐以进。那气派，看了十年仍觉得慑人。如果沿清水湾道朝东走，更有一尊彪然巨影挡掉一大块天色，探头一看，竟与飞鹅岭打了个照面。那岌岌可危的怪岩一削千尺，秃不可托。难怪上个月一个少年低估了这险峻，在上面只一失足，便掉了性命。

这些峻峰虽然各踞一方，桀骜有如藩镇，我却可以敬而远之，唯有近处的一座山，苍青的影子一直罩在我肩上。那是鹿山，正当我楼居的西面，魁梧的轮廓横在半空，我的下午有多短，黄昏有多长，全由他来决定。马鞍山抛起来的旭日，被他接住时已成了夕阳。所谓晚霞，全是夕阳在他的背后烧炼出来的花样。从我的卧室望出去，一整排八扇长窗，山势横行而不绝，展成一幅可以卧游的元人手卷。每逢好天，晴翠的岚气便映得满室苍然。在香港住了十年，山外的世局变幻如棋局，楚河汉界，斜马直车，数不清换了多少场面，甚至连将帅都换过了，唯有这一座青山屏在西边，永远不变。这种无语的默契，可靠的伴陪，介乎天人之间的感应，久已成为我山居心境的基调和背景。无怪李白和辛弃疾都要引脉脉的青山为知己，而陶潜一望，此中的真意便千古悠悠。

十年下来，对面这鹿山也成为我的知己了。尽管山腰剖出了一线之地，让大埔道上碌碌的车队追逐而过，那只是青山的过客罢了，等到车过尘定，仍然留下我独对青山。最妙的是山之西南有一条瀑布，或者该说是半条瀑布。并不是峰回岭转遮去了一半，而是晴天有悬崖而无水，雨天才水到瀑成，远远望去，倒曳着一注闪闪的白光。如果是小雨，她还不肯露面呢。最动人是在雨季，山中一夜豪雨，第二天早上她就翩然出山来了。体态的纤弱与丰盈，要看雨势的大小。如果是大雨连日，就算是已经放晴了两天，她仍然袅袅不断。我为她取的小名是“雨娃”。

四

新界半岛之分歧，港湾之杂错，多在东部。半岛多的地方，港湾也不会少，海岸线自然曲折可观。这许多半岛往往是伸出海去的蟠蜿山势；走在险窄而回转的山脊上，可以看见两面的海水，各蓝各的，令人不知该左顾而笑，还是右眄而惊。如果山势入海而复出，成为青岛和翠屿，跟岬角互相呼应，海景就更可观了。从马鞍山到飞鹅岭，新界东岸的迤逦山势，旁歧斜出，东走而成辐射的西贡半岛，南走而成狭长的余脉，一峰孤拔，就像石涛捏造的那样，正是钓鱼翁山。飞机从台湾东来，尚未回旋下降，总是先看到这许多络绎入海的青山，青岛，错综而参差，列成最壮观最气派的仪队，争来水镜上迎接。黄庭坚从岳阳楼上远望君山，说“可惜不当湖水面，银山堆里看青山”。不论古人如何爱山成癖，总无缘从机舱的高度作快速的鹰巡。古人行旅困难，所以民谣埋怨说“朝发黄牛，暮宿黄牛，三朝三暮，黄牛如故”。西贡半岛外错落成阵的列屿，青鬟翠髻，在虚空与幻水之间，忽焉而现，忽焉而隐，不过是片刻间指顾的事。我说那是最壮观的仪队，因为我检阅过多少次了。从屈灵均到李太白，所有的游仙诗都是真的。

西贡半岛的东南端，山势如环，围成了一个水库，叫万宜淡水湖，从最远的西北角算起，全长也有五公里半，只比船湾淡水湖略小一些。湖岸迂回转折，胜于船湾，湖中还有一座小岛，孤零零地耸着青峰，叫水径顶，看上去，景色又比船湾多变。四围山势起伏，虽然都只是二三百公尺的小丘，但坡度峻斜，从开阔的水面平白崛起，也就叫人瞩目。从九龙东北行，车到北潭涌，就不准通行了，停下车来，走上坡去，喘息渐剧之余，正觉得山路永无止境，忽然瞥见坡顶一盏小亭招人歇脚。到了亭下，风景大变。两边的山壁剖处，一泓幽秘的碧水向外面的世界展开，那明净的蓝光，纯洁得像从未照过生人的影子。可以想见，还有更空旷更开阔的豪蓝波域藏在绝壁的背后，魔盒，只露出一条蓝缝而已。我们沿着石壁一路寻去，魔盒终于大开，纵深的湖景尽在脚下。那盈盈艳异的水光，一瞬之间似乎有所启示，正要宣之于口，咦，怎么已忘言了。缘着水湄，麦理浩径曲折向南，晴脆的冬阳下，大家挥着折来的芦苇，拂弄那一湖娴静的水色。过了元五坟，地面渐窄，我们像是走在龙背上。忽然路势一转，右面顿觉天地洞开，外面流着一弯蓝河，色调更深于里面的湖波，对岸是山，山外是水，不知究竟是谁围着谁。定神再看，才发现那弯河水竟通向更外面的水域，原来是海。所谓河，原来是峡湾。四望只见山海相缪，黛绿套着邃青，最大的谜啊静寂无声，那里面的含意超乎人意。那一片真实的幻景，令我迷惑了好几天。

沿清水湾道东南驰，另是一弯半岛，窄处只有半公里的样子，细巧得像银匙之柄。车行又快，两边的蓝水一样诱人，不知道该看哪一边好。路随山转，终于到了大坑墩，正对着海。夕照里，只见一列青紫氤氲的石矶，在几百码外与海岸平行地排开，最能逗人梦想。更远处，在海天难分难解的边缘，横曳着一带幻漾漾的蔼气，那样虚渺，那样地捉摸不定，所谓天涯，就是那样子吗？怪不得凡是望海的眼睛，都茫茫然了。有一首歌说：“晴朗的日子看得见永恒。”想得倒是很美。其实我们所望得见的，即使来到这路的尽头，岸的尖角，也无非全是美丽的谜，再猜也猜不透谜底。水平线，如果真有那么一条线的话，就算是永恒了吗？怪不得我们再也捉不到了。要真捉住，就捉住造化的破绽了吧。

收回眺海的目光，向南窥望，只见无数峰头在耸肩探首，纷纭杂沓的山势，一层层深浅交加的翠微，分也分不清谁主谁客，只像几十匹黛鬣青毛的庞然海兽，或潜或起，或泅或渡，不知道究竟要成群泳去何处。培根说：“没有一种精妙的美不带点奇异。”但是此地的美却带点骇异，令人蠢蠢地感到不安。

背后有一盘沙土镇石的近丘，肩住北面的天色。山腰有路，蜿蜒着一痕白丝，像有意接我们上去。“上头来看看吧，别尽在下头乱猜”，山风隐隐在说。锡华和我心动了。一前一后，我们向乱石和丛荆里去寻找那曲径的索头，把它当缒带一样攀上山去。地心引力却一路追来，不肯放手，那劲道愈来愈沉。心脏的悸动猛捶着胸口，捶响野蛮的耳鼓，血，也喧噪着汹涌着起来助阵。锡华说："不能停，对心脏不好。"两人奋勇高攀，像古代的战士在攻城时抢登云梯。忽然，下面的人声顿歇。扯后腿的那怪手也放弃了。

百仞下，无声的人群密密麻麻地爬满了一地，有的蠕向海边，有的进出红亭，把那扁圆的土台缀成了一块芝麻小饼。天风突然自背后吹来，带着清醒的海气，汗，一下子就干了。四下里更无遮拦，任凉飚长驱而来，呼啸而去。我们已经登临绝顶。

"这才有成就感。"锡华一掠乱发，得意地笑道。

话没说完，两人一齐回过头去。顿时，都怔住了，震住了，镇住了。满满一海的层浪，千褶万皱，渐递渐远，正摇撼近岸的洲渚矶石和错落海中的大岛小屿，此起彼落，激起了碎白的沫涡。更远处，对岸又掀起无数的青山夹赭山，横岭侧峰，龙脉起伏，或瘦脊割天，或峻坡泻地；这浮在水上，摊在天下的山族石谱，真不是一览可尽。一路攀上这丘顶来，我们当然知道山外有山，水外有水，却不防这一面的世界竟会展开这样的宏观，令人一口气呛住了，吸不进去。这壮丽的景象，太阔大太远了。层浪无声，群山阒然，在这样的距离之下，所有的实景都带点虚幻。这是冥冥的默剧吗，还是长达百里的启示录呢？不留心看时，就错过了。当启示太大，总是没有人看见。令人震慑的大寂静里，只有长发披天的海风呼啸路过。远处，只剩下了一只船。

五

香港的山脉，西起屯门的青山，东至西贡半岛的南蛇头，郁郁苍苍，绵亘六七十公里。要为山神理出井然有序的族谱来，可不容易。如果我是秃鹰或麻鹫，振翅三天，也许可以巡瞰个明白。但是从地面看来，无论你怎么仰面延颈，决眦荡胸，总难看出个究竟。那许多叠肩接踵交腹错背的山岭，不能为你排成整整齐齐的行列，让你对着地图来点名。山，是世界上最雄奇最有分量的雕塑，每一座都屹立在天地之间，不会为你的方便而转体。这伟大的立体啊要面面观，就得绕着它打转。为了饱览对海的马鞍山，我曾绕了一个大圈子，从沙田穿狮子山洞，过黄大仙、牛池湾、西贡，一直到企岭下海，等于站在马鞍山的脚趾上仰瞻那双脊陡起的傲峰。那是冬天的半下午，可是那一面背着斜照，只见到黑压压的一大片背影，体魄魁梧得凌人。如果你是被虐狂，倒真是过瘾。归途是一个反向的大U转。回到沙田，右侧仰看那争高的双峰，仍在天际相持不下，但这一面朝西，正对着落日，还是将暮未暮的光景。也只有马鞍山这么锋芒毕露，才能划然割出了阴阳。

看山还有一层障碍，那便是远山虽高，却蔽于近阜。徐霞客游华山，就说："未入关，百里外即见太华屼出云表。及入关，反为冈陇所蔽。"大帽山号称香港最高，凡九五八公尺，合三千一百四十二英尺，但是近在沙田，反而仰不可见，因为中间隔了好几层近丘。登我楼顶的天台，西向而望，只见连嶂的青弧翠脊交叠于天际，真叫人叹一声："可怜无数山。"

为了把新界看个真切，把衮衮众山看出个秩序来，和国彬拣了一个秋晴的日子，去大帽之顶朝山。浅米黄色的桂冠房车似乎也知道秋天是它的季节，在晌午的艳阳里，光彩焕发，奕奕地驰上了大埔公路。一过石岗，坡势渐起，两侧的山色也逼拢过来。在荃锦道上一个仰冲，就转上了左侧的大帽山道，反向东北角上那一堆跟天空过不去的块垒，咻咻然盘旋而进。群峰作壁上观，超然不动声色，倒是桂冠对陡坡很发了几次脾气，一向低沉的喉音变成了暴躁的男中音。终于到了山腰的小平台，停下车来。我拿了地图，国彬和我存分提了饮料与野餐，便朝仰不见顶的主峰进发。

这时我们的托脚之地，海拔已经有七百公尺，比上不足，比下却绰绰有余。山道蟠蜿向天，引力匍匐向地，不到半小时，这九秋的三人行已经脚酸、气促，渗出了汗来。空气不如预期那么清朗，没有云，却笼着一层薄薄的岚气，否则午后的阳光会更炙人。我把地图转来转去，想把掌上的寸山尺水还原为下界那一片夐辽的人世。那一汪蓝悠悠是什么湾？为什么图上没有那几座岛呢？那一堆乱山背后，白晃晃的排楼又是哪里呢？七嘴八舌地，大家争论着。地图是平面的，下面的世界却是立体的，向日和背日的地带更平添许多惑人的光影，而且总有一些不相干的土阜石丘和芦苇灌木之类碍在中间。不尽兑现的地图，令人失望。每转一个弯，脚底的世态又变了样，方向也都变了。而地图还是这一张平面，真不晓得，大帽山派这条曲道迂回下山，究竟是来迎接我们，还是来戏弄我们。

“那不是大埔吗？”

“哪里看得见什么大埔呢？你把地图根本拿倒了。我看是九龙。”

“九龙？那么狮子山在哪里呢？”

“那边应该是荃湾才对。你看，烟囱那么多，白腾腾的。”

太阳渐渐斜了，可以推断西南方在那一边。我们终于认定刚才一丛人烟确是荃湾，而更远处，有桥影横水的地方就是青衣岛。有了这定点，就容易把握全景了。一个半小时之后，我们站在巍巍的大帽顶上，肆无忌惮地仰天俯地，谈古说今，指点着极南的这一片乐土。脚下的人烟或在乱山的缺口，或在丛莽的背后，或被峭壁半遮，我们左顾右盼，指认出红尘密处的维多利亚港，和散布在四野的大小卫星城镇。而每次认出了一处，惊喜之余，总讶怪其偎山贴水、纤巧可笑的幻影。管你是千门万户、短巷长街，患得患失的熙熙攘攘，都给缩成了可有可无的海市蜃楼。“楚之南，少人而多石。”那是柳宗元的时代。脚下那一片繁华世界不但石多，更且人多，多得要与石争地，与海争地，在天翻地覆的后门口，在亡逋和海难船的末站，在租来的弃土和倒数的时间，率妻子邑人，把绝境辟成了通都。

“人与山相遇，而大功告成。”

布莱克曾经壮乎其言。站在天涯海角的最高峰上，站在香港和日月最近的这顶点，终于和围拱的众山相遇。站在登山的十四弯最后的这一弯上，站在这大看台上如跪在圣坛上，我默默向满是秋色的天地祝祷，凭在场的大小诸峰作证，但愿这一片逍遥的乐土永远幸福，做一切浪子的归宿，而不是惶惶征夫的起站。

落日更斜了。这高处既无栏杆可拍，与国彬同来，也不需叹什么“无人会，登临意”。我把摘来的一长杆银花芦苇举起来，向北面的峰岭和渐渐苍茫的颢气，那么悠扬地挥了一挥，算是对古今的英雄豪杰，对登峰造极的一切心灵，都致了敬意。

一九八五年一月三十日

假如我有九条命

假如我有九条命，就好了。

一条命，就可以专门应付现实的生活。苦命的丹麦王子说过：既有肉身，就注定要承受与生俱来的千般惊扰。现代人最烦的一件事，莫过于办手续；办手续最烦的一面莫过于填表格。表格愈大愈好填，但要整理和收存，却愈小愈方便。表格是机关发的，当然力求其小，于是申请人得在四根牙签就塞满了的细长格子里，填下自己的地址。许多人的地址都是节外生枝，街外有巷，巷中有弄，门牌还有几号之几，不知怎么填得进去。这时填表人真希望自己是神，能把须弥纳入芥子，或者只要在格中填上两个字："天堂"。一张表填完，又来一张，上面还有密密麻麻的各条说明，必须皱眉细阅。至于照片、印章，以及各种证件的号码，更是缺一不可。于是半条命已去了，剩下的半条勉强可以用来回信和开会，假如你找得到相关的来信，受得了邻座的烟熏。

一条命，有心留在台北的老宅，陪伴父亲和岳母。父亲年逾九十，右眼失明，左眼不清。他原是最外倾好动的人，喜欢与乡亲契阔谈宴，现在却坐困在半昧不明的寂寞世界里，出不得门，只能追忆冥隔了二十七年的亡妻，怀念分散在外地的子媳和孙女。岳母也已过了八十，五年前断腿至今，步履不再稳便，却能勉力以蹒跚之身，照顾旁边的朦胧之人。她原是我的姨母，家母亡故以来，她便迁来同住，主持失去了主妇之家的琐务，对我的殷殷照拂，情如半母，使我常常感念天无绝人之路，我失去了母亲，神却再补我一个。

一条命，用来做丈夫和爸爸。世界上大概很少全职的丈夫，男人忙于外务，做这件事不过是兼差。女人做妻子，往往却是专职。女人填表，可以自称"主妇"（housewife），却从未见过男人自称"主夫"（house husband）。一个人有好太太，必定是天意，这样的神恩应该细加体会，切勿视为当然。我觉得自己做丈夫比做爸爸要称职一点，原因正是有个好太太。做母亲的既然那么能干而又负责，做父亲的也就乐得"垂拱而治"了。所以我家实行的是总理制，我只是合照上那位俨然的元首。四个女儿天各一方，负责通信、打电话的是母亲，做父亲的总是在忙别的事情，只在心底默默怀念着她们。

一条命，用来做朋友。中国的"旧男人"做丈夫虽然只是兼职，但是做起朋友来却是专任。妻子如果成全丈夫，让他仗义疏财，去做一个漂亮的朋友，"江湖人称小孟尝"，便能赢得贤名。这种有友无妻的作风，"新男人"当然不取。不过新男人也不能遗世独立、不交朋友。要表现得“够朋友”，就得有闲、有钱，才能近悦远来。穷忙的人怎敢放手去交游？我不算太穷，却穷于时间，在“够朋友”上面只敢维持低姿态，大半仅是应战。跟身边的朋友打完消耗战，再无余力和远方的朋友隔海越洲，维持庞大的通信网了。演成近交而不远攻的局面，虽云目光如豆，却也由于鞭长莫及。

一条命，用来读书。世界上的书太多了，古人的书尚未读通三卷两帙，今人的书又汹涌而来，将人淹没。谁要是能把朋友题赠的大著通通读完，在斯文圈里就称得上是圣人了。有人读书，是纵情任性地乱读，只读自己喜欢的书，也能成为名士。有人呢是苦心孤诣地精读，只读名门正派的书，立志成为通儒。我呢，论狂放不敢做名士，论修养不够做通儒，有点不上不下。要是我不写作，就可以规规矩矩地治学；或者不教书，就可以痛痛快快地读书。假如有一条命专供读书，当然就无所谓了。

书要教得好，也要全力以赴，不能随便。老师考学生，毕竟范围有限，题目有形。学生考老师，往往无限又无形。上课之前要备课，下课之后要阅卷，这一切都还有限。倒是在教室以外和学生闲谈问答之间，更能发挥“人师”之功，在“教”外施“化”。常言“名师出高徒”，未必尽然。老师太有名了，便忙于外务，席不暇暖，怎能即之也温？倒是有一些老师“博学而无所成名”，能经常与学生接触，产生实效。

另一条命应该完全用来写作。台湾的作家极少是专业，大半另有正职。我的正职是教书，幸而所教与所写颇有相通之处，不至于互相排斥。以前在台湾，我日间教英文，夜间写中文，颇能并行不悖。后来在香港，我日间教三十年代文学，夜间写八十年代文学，也可以各行其是。不过艺术是需要全神投入的活动，没有一位兼职然而认真的艺术家不把艺术放在主位。鲁本斯任荷兰驻西班牙大使，每天下午在御花园里作画。一位侍臣在园中走过，说道："哟，外交家有时也画几张画消遣呢。"鲁本斯答道："错了，艺术家有时为了消遣，也办点外交。"陆游诗云："看渠胸次隘宇宙，惜哉千万不一施。空回英概入笔墨，生民清庙非唐诗。向令天开太宗业，马周遇合非公谁？后世但作诗人看，使我抚几空嗟咨。"陆游认为杜甫之才应立功，而不应仅仅立言，看法和鲁本斯正好相反。我赞成鲁本斯的看法，认为立言已足自豪。鲁本斯所以传后，是由于他的艺术，不是他的外交。

一条命，专门用来旅行。我认为没有人不喜欢到处去看看：多看他人，多阅他乡，不但可以认识世界，亦所以认识自己。有人旅行是乘豪华邮轮，谢灵运再世大概也会如此。有人背负行囊，翻山越岭。有人骑自行车环游天下。这些都令我羡慕。我所优为的，却是驾车长征，去看天涯海角。我的太太比我更爱旅行，所以夫妻两人正好互作旅伴，这一点只怕徐霞客也要艳羡。不过徐霞客是大旅行家、大探险家，我们，只是浅游而已。

最后还剩一条命，用来从从容容地过日子，看花开花谢、人往人来，并不特别要追求什么，也不被“截止日期”所追迫。

一九八五年七月七日

海　缘

一

曹操横槊赋诗，曾有“山不厌高，海不厌深”之句。这意思，李斯在《谏逐客书》里也说过。尽管如此，山高与海深还是有其极限的。世界最高峰珠穆朗玛峰，海拔是8848米，但是最深的海沟，马里亚纳海沟（Mariana Trench），却低陷11034米。把世上蟠蜿的山脉全部浸在海里，没有一座显赫的峰头，能出得了头。

其实也不必这么费事了。就算所有的横岭侧峰都穿云出雾，昂其孤高，在众神或太空人看来，也无非一钵蓝水里供了几簇青绿的假山而已。在我们这水陆大球的表面，陆地只得十分之三，而且四面是水，看开一点，也无非是几个岛罢了。当然，地球本身也只是一丸太空孤岛，注定要永久漂泊。

话说回来，在我们这仅有的硕果上，海洋，仍然是一片伟大非凡的空间，大得几乎有与天相匹的幻觉。害得曹操又说“日月之行，若出其中。星汉灿烂，若出其里”。也难怪《圣经》里的先知要叹道：“千川万河都奔流入海，却没有注满海洋。”豪斯曼更说：“滂沱雨入海，不改波涛咸。”

无论文明如何进步，迄今人类仍然只能安于陆栖，除了少数科学家之外，面对大海，我们仍然像古人一样，只能徒然叹其敻辽，羡其博大，却无法学鱼类的摇鳍摆尾，深入湛蓝，去探海若的宝藏，更无缘迎风振翅，学海鸥的逐波巡浪。退而求其次，望洋兴叹也不失为一种安慰：不能入乎其中，又不能凌乎其上，那么，能观乎其旁也不错了。虽然世界上水多陆少，真能住在海边的人毕竟不多。就算住在水城港市的人也不见得就能举头见海，所以在高雄这样的城市，一到黄昏，西子湾头的石栏杆上，就倚满了坐满了看海的人。对于那一片汪洋而言，目光再犀利的人也不过是近视，但是望海的兴趣不因此稍减。全世界的码头、沙滩、岩岸，都是如此。

中国的海岸线颇长，加上台湾和海南岛，就更可观。我们这民族，望海也不知望了多少年了，甚至出海、讨海，也不知多少代了。奇怪的是，海在我们的文学里并不占什么分量。虽然孔子在失望的时候总爱放出空气，说什么“道不行，乘桴浮于海”。害得子路空欢喜一场，结果师徒两人当然都没有浮过海去。庄子一开卷就说到南溟，用意也只是在寓言。中国文学里简直没有海洋。像曹操《观沧海》那样的短制已经罕见了，其他的作品多如李白所说："海客谈瀛洲，烟涛微茫信难求。"甚至《镜花缘》专写海外之游，真正写到海的地方，也都草草带过。

西方文学的情况大不相同，早如希腊罗马的史诗，晚至康拉德的小说，处处都听得见海涛的声音。英国文学一开始，就嗅得到咸水的气味，从《贝奥武甫》和《航海者》里面吹来。中国文学里，没有一首诗写海能像曼斯菲尔德的《拙画家》（*Dauber*）那么生动，更没有一部小说写海能比拟《白鲸记》那么壮观。这种差距，在绘画上也不例外。像热里科、德拉克洛瓦、透纳等人作品中的壮阔海景，在中国画中根本不可思议。为什么我们的文艺在这方面只能望洋兴叹呢?

二

我这一生，不但与山投机，而且与海有缘，造化待我也可谓不薄了。我的少年时代，达七年之久在四川度过，住的地方在铁轨、公路、电话线以外，虽非桃源，也几乎是世外了。白居易的诗句"蜀江水碧蜀山青"，七个字里容得下我当时的整个世界。蜀中天地是我梦里的青山，也是我记忆深处的"腹地"。没有那七年的山影，我的"自然教育"就失去了根基。可是当时那少年的心情却向往海洋，每次翻开地图，一看到海岸线就感到兴奋，更不论群岛与列屿。

海的呼唤终于由远而近。抗战结束，我从千叠百障的巴山里出来，回到南京。大陆剧变的前夕，我从金陵大学转学到厦门大学，读了一学期后，又随家庭迁去香港，在那海城足足做了一年难民。在厦门那半年，骑单车上学途中，有两三里路是沿着海边，黄沙碧水，飞轮而过，令我享受每一寸的风程。在香港那一年，住在陋隘的木屋里，并不好受，却幸近在海边，码头旁的大小船艇，高低桅樯，尽在望中。当时自然不会知道：这正是此生海缘的开始。隔着台湾海峡和南中国海的北域，厦门、香港、高雄，布成了我和海的三角关系。厦门，是过去式了。香港，已成了现在完成式，却保有视觉暂留的鲜明。高雄呢，正是现在进行式。

至于台北，住了几乎半辈子，却陷在四围山色里，与海无缘。住在台北的日子，偶因郊游去北海岸，或是乘火车途经海线，就算是打一个蓝汪汪的照面吧，也会令人激动半天。那水蓝的世界，自给自足，宏美博大而又起伏不休，每一次意外地出现，都令人猛吸一口气，一惊，一喜，若有天启，却又说不出究竟。

三

现在每出远门，都非乘飞机不可了。想起坐船的时代，水拍天涯，日月悠悠，不胜其老派旅行的风味。我一生的航海经验不多，至少不如我希望的那么丰富。抗战的第二年，随母亲从上海乘船过香港而去安南。大陆剧变那年，先从上海去厦门，再从厦门去香港，也是乘船。从香港第一次来台湾，也是由水路在基隆登陆。最长的一程航行，是留美回国时横渡太平洋，从旧金山经日本、琉球，沿台湾东岸，绕过鹅銮鼻而抵达高雄，历时约为一月。在日本外海，我们的船，招商局的海健号，遇上了台风，在波上俯仰了三天。过鹅銮鼻的时候，正如水手所说，海水果然判分二色：太平洋的一面墨蓝而深，台湾海峡的一面柔蓝而浅。所谓海流，当真是各流各的。

那已是近三十年前的事，后来长途旅行，就多半靠飞而不靠浮了。记得只有从美国大陆去南太基岛，从香港去澳门，以及往返英法两国越过多佛尔海峡，是坐的渡船。

要是不赶时间，我宁坐火车而不坐飞机。要是更从容呢，就宁可坐船。一切交通工具里面，造型最美，最有气派的该是越洋的大船了，怪不得丁尼生要说 the stately ships。要是你不拘形貌，就会觉得一艘海船，尤其是漆得皎白的那种，凌波而来的闲稳神态，真是一只天鹅。

站在甲板上或倚着船舷看海，空阔无碍，四周的风景伸展成一幅无始无终的宏观壁画，却又比壁画更加壮丽、生动，云飞浪涌，顷刻间变化无休。海上看晚霞夕烧全部的历程，等于用颜色来写的抽象史诗。至于日月双球，升落相追，更令人怀疑有一只手在天外抛接。而无论有风或无风，迎面而来的海气，总是全世界最清纯可口的空气吧。海水咸腥的气味，被风浪抛起，会令人莫名其妙地兴奋。机房深处沿着全船筋骨传来的共振，也有点催眠的作用。而其实，船行波上，不论是左右摆动，或者是前后起伏，本身就是一只具体而巨的摇篮。

晕船，是最煞风景的事了。这是海神在开陆栖者的小小玩笑，其来有如水上的地震，虽然慢些，却要长些，真令海客无所遁于风浪之间。我曾把起浪的海叫作“多峰驼”，骑起来可不简单。有时候，浪间的船就像西部牛仔胯下的蛮牛顽马，腾跳不驯，要把人抛下背来。

四

海的呼唤愈远愈清晰。爱海的人，只要有机会，总想与海亲近。今年夏天，我在汉堡开会既毕，租了一辆车要游西德。当地的中国朋友异口同声，都说北部没有看头，要游，就要南下，只为莱茵河、黑森林之类都在低纬的方向。我在南游之前，却先转过车头去探北方，因为波罗的海吸引了我。当初不晓得是谁心血来潮，把Baltic Sea译成了波罗的海，真是妙绝。这名字令人想到林亨泰的名句：“然而海，以及波的罗列。”似乎真眺见了风吹浪起，海叠千层的美景。当晚果然投宿在路边的人家，次晨便去卡佩尔恩（Kappeln）的沙岸看海。当然什么也没有，只有蓝茫茫的一片，反晃着初日的金光，水平线上像是浮着两朵方蕈，白得影影绰绰的，该是钻油台吧。更远处，有几只船影疏疏地布在水面，像在下一盘玄妙的慢棋。近处泊着一艘渡轮，专通丹麦，船身白得令人艳羡。这，就是波罗的海吗？

去年五月，带了妻女从西雅图驶车南下去旧金山，不取内陆的坦途，却取沿海的曲道，为的也是观海。左面总是挺直的杉林张着翠屏，右面，就是一眼难尽的，啊，太平洋了。长风吹阔水，层浪千折又万折，要折多少折才到亚洲的海岸呢？中间是什么也没有，只有难以捉摸，唉，永远也近不了的水平线其实不平也不是线。那样空旷的水面，再大的越洋货柜轮，再密的船队也莫非可怜的小甲虫在疏疏的经纬网上蠕蠕地爬行，等暴风雨的黑蜘蛛扑过来一一捕杀。从此地到亚洲，好大的一弧凸镜鼓着半个地球，像眼球横剖面的晶状体与玻璃体，休要小觑了它，里面摆得下十九个中国。这么浩渺，令人不胜其，乡愁吗，不是的，不胜其惘惘。

第一夜我们投宿在俄勒冈州的林肯村。村小而长，我们找到那家暮投卧（motel），在风涛声里走下三段栈道似的梯级，才到我们那一层楼。原来小客栈的正面背海向陆，斜叠的层楼依坡而下，一直落到坡底的沙滩。开门进房，迎面一股又霉又潮的海气，赶快扭开暖气来驱寒。落地的长窗外，是空寂的沙，沙外，是更空寂的海，潮水一阵阵地向沙地卷过来，声撼十方。就这么，梦里梦外，听了一夜的海。全家四人像一窝寄生蟹，住在一只满是回音的海螺里。

第二夜进入加州，天已经暗下来了，就在边境的新月镇（Crescent City）歇了下来。那小镇只有三两条街，南北走向，与涛声平行。我们在一家有楼座的海鲜馆临窗而坐，一面嚼食蟹甲和海扇壳里剥出来的嫩肉，一面看海岸守卫队的巡逻艇驶回港来，桅灯在波上随势起伏。天上有毛边的月亮，淡淡地，在蓬松的灰云层里出没。海风吹到衣领里来，已经是初夏了，仍阴寒逼人。回到客栈，准备睡了，才发觉外面竟有蛙声，这在我的美国经验里，却是罕有，倒令人想起中国的水塘来了。远处的岬角有灯塔，那一道光间歇地向我们窗口激射过来，令人不安。最祟人的，却是深沉而悲凄的雾号，也是时作时歇，越过空阔的水面，一直传到海客的枕前。这新月镇不但孤悬在北加州的边境，距俄勒冈只有十里，而且背负着巨人族参天的红木森林，面对着太平洋，正当海陆之交，可谓双重的边镇。这样的边陲感，加上轮转的塔光与升沉的雾号，使我梦魂惊扰，真的是“一宿行人自可愁”了。

次日清早被涛声撼起，开门出去，一条公路从南方绕过千重的湾岬伸来，把我们领出这小小的海驿。

五

仁者乐山，智者乐水，圣人曾经说过。爱水的人果真是智者吗？那么，爱海的人岂非大智？其实攀山与航海的人更是勇者，因为那都是冒险的探索，那种喜悦往往会以身殉。在爱海人里，我只是一个陆栖的旁观者，颇像西方人对猫的嘲笑：“性爱戏水，却怕把脚爪弄潮。”水手和渔夫在咸风咸浪里讨生活，才是真正下水的爱海人。真正的爱海人吗？也许是爱恨交加吧？譬如爱情，也可分作两类：深入的一类该也是爱恨交加的，另一类虽未必深入，却不妨其为自作多情。我正是对海单相思的这一类。

十二年来我一直住在海边，前十一年在香港，这一年来在高雄。对于单恋海洋的陆栖者，也就是四川人嘲笑的旱鸭子而言，这真是至福与奇缘。世界上再繁华的内陆都市，比起就算是较次的什么海港来，总似乎少了一点退步，一点可供远望与遐思的空间。住在海边，就像做了无限（Infinity）的邻居，一切都会看得远些看得开些吧。海，是不计其宽的路，不闭之门，常开之窗。再小的港城，有了一整幅海天为背景，就算剧台本身小些，观众少些，也显得变化多姿，生动了起来，就像写诗和绘画都需要留点空白一样。有水，风景才显得灵活。所以中国画里，明明四围山色，眼看无计可施了，却凭空落下来一泻瀑布，于是群山解颜。巴黎之美，要是没有塞纳河一以贯之，萦回而变化之，也会逊色许多。台北本来有一条河可以串起市景，却不成其为河了。高雄幸而有海。

海是一大空间，一大体积，一个伟大的存在。海里的珍珠与珊瑚，水藻与水族，遗宝与沉舟，太奢富了，非陆栖者所能探取。单恋海的人能做一个“观于海者”，像孟轲所说的那样，也就不错了。不过所谓观于海当然也不限于观；海之为物，在感性上可以观、可以听、可以嗅、可以触，一步近似一步。

香港的地形百转千回，无非是岛与半岛，不要说地面上看不清楚了，就连在飞机上观者也应接不暇。最大的一块面积在新界，其状有如不规则的螃蟹，所有的半岛都是它伸爪入海的姿势。半岛既多，更有远岛近矶呼应之胜，海景自然大有可观。就这一点说来，香港的海景看不胜看，因为每转一个弯，山海洲矶的相对关系就变了，没有谁推开自己的窗子便能纵览香港的全貌。

钟玲在香港大学的宿舍面西朝海，阳台下面就是汪洋，远航南洋和西欧的巨舶，都在她门前路过。我在中文大学的栖居面对的却是内湾，叫吐露港，要从东北的峡口出去，才能汇入南中国海。所以我窗外的那一片潋滟水镜，虽然是海的婴孩，却更像湖的表亲。除非是起风的日子，吐露港上总是波平浪静，潮汐不惊。青山不断，把世界隔在外面，把满满的十里水光围在里面，自成一个天地。我就在那里看渡船来去，麻鹰飞回，北岸的小半岛蜿蜒入水，又冒出水面来浮成苍苍的四个岛丘，更远处是一线长堤，里面关着一潭水库。

六

去年九月，我从香港迁来高雄，幸而海缘未断，仍然是住在一个港城。开始的半年住在市区的太平洋大厦，距海岸还有两三公里，所以跟住在内陆都市并无不同。可是中山大学在西子湾的校园却海阔天空，日月无碍。文学院是红砖砌成的一座空心四方城，我的办公室在顶层的四楼，朝西的一整排长窗正对着台湾海峡，目光尽处只见一条渺渺的水平线，天和海就在那里交界，云和浪就在那里会合了。那水平线常因气候而变化。在阴天，灰云沉沉地压在海上，波涛的颜色黯浊，更无反光，根本指不出天和水在哪里接缝。要等大晴的日子，空气彻彻透明，碧海与青天之间才会判然划出一道界线，又横又长，极尽抽象之美，令人相信柏拉图所说的“天行几何之道”（God always geometrizes）。其实水平线不过是海的轮廓，并没有那么一条线，要是你真去追逐，将永无接近的可能，更不提捉到手了。可是别小觑了那一道欺眼的幻线，因为远方的来船全是它无中生有变出来的，而出海的船只，无论是轩昂的货柜巨轮，或是匍行波上的舴艋小艇，也一一被它拐去而消磨于无形。

水平线太玄了，令人迷惑。也太远了，不如近观拍岸的海潮。孟子不就说过吗，“观水有术，必观其澜。”世界上所有的江河都奔流入海，而所有的海潮都扑向岸来，不知究竟要向大地索讨些什么。对于观海的人，惊涛拍岸是水陆之间千古不休的一场激辩，岸说："到此为止了，你回去吧。"浪说："即使粉身碎骨，我还是要回来！"于是一排排一列列的浪头昂然向岸上卷来，起起落落，一面长鬣翻白，口沫飞溅，最后是绝命的一撞之后喷成了半天的水花，转眼就落回了海里，重新归队而开始再次的轮回。这过程又像是单调而重复，又像是变化无穷，总之有一点催眠，所以看海的眼睛都含着几分玄想。

西子湾的海潮，从旗津北端的防波堤一直到柴山脚下的那一堆石矶，浪花相接，约莫有一里多长，十分壮观。起风的日子，汹涌的来势尤其可惊，满岸都是哗变的嚣嚣。外海的剧浪，捣打在防波堤上，碎末飞花喷溅过堤来，像一株株旋生旋灭的水晶树，那是海神在放烟火吗？

七

西子湾的落日是海景的焦点。要观赏完整无缺的落日，必须有一条长而无阻的水平线，而且朝西。沙滩由南向北的西子湾，正好具备这条件。月有望期，不能夜夜都见满月。但是只要天晴，一轮"满日"就会不偏不倚正对着我的西窗落下，从西斜到入海，整个壮烈的仪式都在我面前举行。先是白热的午日开始西斜，变成一只灿灿的金球，光威仍然不容人逼视，而海面迎日的方向，起伏的波涛已经摇晃着十里的碎金。这么一路西倾下来，到了仰角三十度的时候，金球就开始转红，火势大减，我们就可以定睛熟视了。那红，有时是橙红，有时是洋红，有时是赤红，要看天色而定。暮霭重时，那颓然的火球难施光焰，未及水面就渐渐褪色，变成一影迟滞的淡橙红色，再回顾时，竟已隐身幕后。若是海气上下澄明，水平线平直如切，酡红的落日就毫不含糊地直掉入海，一寸接一寸被海的硬边切去。观者骇目而视，忽然，宇宙的大靶失去了红心。

我在沙田住了十一年，这样水遁而逝的落日却未见过，因为沙田山重水复，我栖居朝西的方向有巍然的山影横空，根本看不见水上的落日。西子湾的落日像是为美满的晴天下一个结论，不但盖了一颗豪赫红印，还用晚霞签了半边天的名。

半年后我们从市区的闹街迁来寿山，住进中山大学的学人宿舍。新居也在红砖楼房的四楼，书房朝着西南，窗外就是高雄港。我坐在窗内，举头便可见百码的坡下有街巷纵横，车辆来去。再出去便是高雄港的北端，可以眺览停泊港中的大小船舶，桅樯密举，锚链斜入水中。旗津长岛屏于港西，岛上的街沿着海岸从西北直伸东南，正与我的视线垂直而交，虽然远在两三里外，岛上的排楼和庙宇却历历可以指认。岛的外面，你看，就是渺渺的海峡了。

高雄之为海港，扼台湾海峡、巴士海峡和南中国海的要冲，吞吐量之大，也不必去翻统计数字，只要站在我四楼的阳台上，倚着白漆的栏杆，朝南一望就知道了。高雄港东纳爱河与前镇溪之水，西得长洲旗津之障，从旗津北头的第一港口到南尾的第二港口，波涵浪蓄，纵长在八公里以上。货柜进出此港，分量之重，已经居世界第四。从清晨到午夜，有时还更晚，万吨以上的货轮，扬着各种旗号，漆着各种颜色，各种文字的船名横排于舷身，不计其数，都在我阳台的栏杆外驶过。有时还有军舰，铁灰色的舷首有三位数的编号，横着炮管的侧影，扁长而剽悍，自然与众不同。不过都太远了，有时因为背光，或是雾霭低沉，加以空气污染的关系，无论是船形舰影，在茫茫的烟水里连魁梧的轮廓都浑沦了，更不说辨认船名。

甚至不必倚遍十二栏杆，甚至也无须抬头望远，只听水上传来的汽笛，此起彼落，间歇而作，就会意识到脚下那长港有多繁忙。而造船、拆船、修船、上货、卸货、领航、验关、缉私、走私……都绕着这无休无止的船来船去团团转。这水陆两个世界之间的港口自成一个天地，一方面忙乱而喧嚣，另一方面却又生气蓬勃，令码头上看海的人感到兴奋，因为这一片咸水通向全世界的波涛，在这一片咸水里下锚的舳舻巨舟曾经泊过各国的名港。高雄，正是当代的扬州。

每当我灯下夜读，孤醒于这世界同鼾的梦外，念天上地下只剩我一人，只剩下自己一人了，不是被逐于世界之梦外，而是自放于无寐之境。那许多知己都何处去了呢，此刻，也都成了梦的俘虏，还是各守着一盏灯呢？忽然从下面的港口一声汽笛传来，接着是满港的回声，渐荡渐远，似乎终于要沉寂了，却又再鸣一声。据说这是因为常有渔船在港里非法捕鱼，需要鸣笛示警，但是夜读人在孤寂里听来，却感到倍加温暖，体会到世界之大总还是有人陪他醒着，分担他自命的寂寞，体会到同样是醒着，有人是远从天涯，从风里浪里一路闯回来的，连夜读的遐思与玄想都不可能。我抬起头来，只见灯火零落的港上，桅灯通明，几排起重机的长臂斜斜举着，船首和船尾的灯号掠过两岸灯光的背景，保持不变的距离稳稳地向前滑行，又是一艘货柜巨轮进港了。

以前在香港，九广铁路就在我山居的坡底蜿蜒而过，深宵写诗，万籁都遗我而去，却有北上的列车轮声铿然，鸣笛而去。听惯了之后，已成为火车汽笛的知音，觉得世界虽大，万物却仍然有情，不管是谁的安排，总感激长夜的孤苦中那一声有意无意的召唤与慰问。当时曾经担忧，将来回去台湾，不再有深宵火车的那一声晚安，该怎样排遣独醒的寂寞呢？没想到冥冥中另有安排：火车的长啸，换了货轮的低鸣。

造化无私而山水有情，生命里注定有海。失去了香港而得到了高雄，回头依然是岸，依然是一所叫中大的大学，依然是背山面海的楼居。走下了吐露港的那座柔灰色迷楼，到此岸，又上了西子湾这座砖砌的红楼，依然是临风望海，登楼作赋。

看来我的海缘还未绝，水蓝的世界依然认我。所以我的窗也都朝西或西南偏向，正对着海峡，而落日的方向正是香港，晚霞的下方正是大陆。

一九八六年十月十三日

从母亲到外遇

“大陆是母亲，台湾是妻子，香港是情人，欧洲是外遇。”我对朋友这么说过。

大陆是母亲，不用多说。烧我成灰，我的汉魂唐魄仍然萦绕着那一片后土。那无穷无尽的故土，四海漂泊的龙族叫她做大陆，壮士登高叫她做九州，英雄落难叫她做江湖。不但是那片后土，还有那上面正走着的、那下面早歇下的，所有龙族。还有几千年下来还没有演完的历史，和用了几千年似乎要不够用了的文化。我离开她时才二十一岁呢，再还乡时已六十四了：“掉头一去是风吹黑发／回首再来已雪满白头。”长江断奶之痛，历四十三年。洪水成灾，却没有一滴溅到我唇上。这许多年来，我所以在诗中狂呼着、低呓着中国，无非是一念耿耿为自己喊魂。不然我真会魂飞魄散，被西潮淘空。

当你的女友已改名玛丽，你怎能送她一首《菩萨蛮》？

乡情落实于地理与人民，而弥漫于历史与文化，其中有实有虚，有形有神，必须兼容，才能立体。乡情是先天的，自然而然，不像民族主义会起政治的作用。把乡情等同于民族主义，更在地理、人民、历史、文化之外加上了政府，是一种“四舍五入”的含混观念。朝代来来去去，强加于人的政治不能持久。所以政治使人分裂而文化使人相亲：我们只听说有文化，却没听说过武化。要动用武力解放这个、统一那个，都不算文化。汤玛斯·曼逃纳粹，在异国对记者说：“凡我在处，即为德国。”他说的德国当然是指德国的文化，而非纳粹政权。同样地，毕加索因为反对佛朗哥而拒返西班牙，也不是什么“背叛祖国”。

台湾是妻子，因为我在这岛上从男友变成丈夫再变成父亲，从青涩的讲师变成沧桑的老教授，从投稿的“新秀”变成写序的“前辈”，已经度过了大半个人生。几乎是半世纪前，我从厦门经香港来到台湾，下跳棋一般连跳了三岛，就以台北为家定居了下来。其间虽然也去了美国五年，香港十年，但此生住得最久的城市仍是台北，而次久的正是高雄。我的“双城记”不在巴黎、伦敦，而在台北、高雄。

我以台北为家，在城南的厦门街一条小巷子里，“像虫归草间，鱼潜水底”，蛰居了二十多年，不仅喜获了四个女儿，还有二十三本书。及至晚年海外归来，在这高雄港上、西子湾头一住又是悠悠十三载。厦门街一一三巷是一条幽深而隐秘的窄巷，在其中度过有如壶底的岁月。西子湾恰恰相反，虽与高雄的市声隔了一整座寿山，却海阔天空，坦然朝西开放。高雄在货柜的吞吐量上号称全世界第三大港，我窗下的浩渺接得通七海的风涛。诗人晚年，有这么一道海峡可供题咏，竟比老杜的江峡还要阔了。

不幸失去了母亲，何幸又遇见了妻子。这情形也不完全是隐喻。在实际生活上，我的慈母生我育我，牵引我三十年才撒手，之后便由我的贤妻来接手了。没有这两位坚强的女性，怎会有今日的我？在隐喻的层次上，大陆与海岛更是如此。所以在感恩的心情下我写过《断奶》一诗，而以这么三句结束：

断奶的母亲依旧是母亲
断奶的孩子，我庆幸
断了嫘祖，还有妈祖

海峡虽然壮丽，却像一柄无情的蓝刀，把我的生命剖成两半，无论我写了多少怀乡的诗，也难将伤口缝合。母亲与妻子不断争辩，夹在中间的亦子亦夫最感到伤心。我究竟要做人子呢还是人夫，真难两全。无论在大陆、香港、南洋或国际，久矣我已被称为“台湾作家”。我当然是台湾作家，也是广义的台湾人，台湾的祸福荣辱当然都有份。但是我同时也是，而且一早就是，中国人了：华夏的河山、人民、文化、历史都是我与生俱来的“家当”，怎么当都当不掉的，而中国的祸福荣辱也是我鲜明的“胎记”，怎么消也不能消除。然而今日的台湾，在不少场合，谁要做中国人，简直就负有“原罪”。明明全都是马，却要说白马非马。这矛盾说来话长，我只有一个天真的希望：“莫为五十年的政治，抛弃五千年的文化。”

香港是情人，因为我和她曾有十二年的缘分，最后虽然分了手，却不是为了争端。初见她时，我才二十一岁，北顾茫茫，是大陆出来的流亡学生，一年后便东渡台湾。再见她时，我早已中年，成了中文大学的教授，而她，风华绝代，正当惊艳的盛时。我为她写了不少诗，和更多的美文，害得台湾的朋友艳羡之余纷纷西游，要去当场求证。所以那十一年也是我“后期”创作的盛岁，加上当时学府的同道多为文苑的知己，弟子之中也新秀辈出，蔚然乃成沙田文风。

香港久为国际气派的通都大邑，不但东西对比、左右共存，而且南北交通，城乡兼胜，不愧是一位混血美人。观光客多半目眩于她的闹市繁华，而无视于她的海山美景。九龙与香港隔水相望，两岸的灯火争妍，已经璀璨耀眼，再加上波光倒映，盛况更翻一倍。至于地势，伸之则为半岛，缩之则为港湾，聚之则为峰峦，撒之则为洲屿，加上舟楫来去，变化之多，乃使海景奇幻无穷，我看了十年，仍然馋目未餍。

我一直庆幸能在香港无限好的岁月去沙田任教，庆幸那琅嬛福地坐拥海山之美，安静的校园，自由的学风，让我能在“文化大革命”的嚣乱之外，登上大陆后门口这一座幸免的象牙塔，定定心心写了好几本书。于是我这“台湾作家”竟然留下了“香港时期”。

不过这情人当初也并非一见钟情，甚至有点刁妮子作风。例如她的粤腔九音诘屈，已经难解，有时还爱写简体字来考我，而冒犯了她，更会在报上对我冷嘲热讽，所以开头的几年颇吃了她一点苦头。后来认识渐深，发现了她的真性情，终于转而相悦，不但粤语可解，简体字能读，连自己的美式英语也改了口，换成了矜持的不列颠腔。同时我对英语世界的兴趣也从美国移向英国，香港更成为我去欧洲的跳板，不但因为港人欧游成风，远比台湾人为早，也因为签证在香港更迅捷方便。等到八十年代初期大陆逐渐开放，内地作家出国交流，也多以香港为首站，因而我会见了朱光潜、巴金、辛笛、柯灵，也开始与流沙河、李元洛通信。

不少人瞧不起香港，认定她只是一块殖民地，又诋之为文化沙漠。1940年3月5日，蔡元培逝于香港，五天后举殡，全港下半旗志哀。对一位文化领袖如此致敬，不记得其他华人城市曾有先例，至少胡适当年去世，台北不曾如此。如此的香港竟能称为文化沙漠吗？至于近年的抗议，场面之盛，牺牲之烈，也不像柔驯的殖民地吧。

欧洲开始成为外遇，则在我将老未老、已晡未暮的善感之年。我初践欧土，是从纽约起飞，而由伦敦入境，绕了一个大圈，已经四十八岁了。等到真的步上巴黎的卵石街头，更已是五十之年，不但心情有点“迟暮”，季节也值春晚，偏偏又是独游。临老而游花都，总不免感觉是辜负了自己，想起李清照所说："春归秣陵树，人老建康城。"

一个人略谙法国艺术有多风流倜傥，眼底的巴黎总比一般观光嬉客所见要丰盈。"以前只是在印象派的书里见过巴黎，幻而似真；等到亲眼见了法国，却疑身在印象派的画里，真而似幻。"我在《巴黎看画记》一文，就以这一句开端。

巴黎不但是花都、艺都，更是欧洲之都。整个欧洲当然早已"迟暮"了，却依然十分"美人"，也许正因迟暮，美艳更叫人怜。而且同属迟暮，也因文化不同而有风格差异。例如伦敦吧，成熟之中仍不失端庄，至于巴黎，则不仅风韵犹存，更透出几分撩人的明艳。

大致说来，北欧的城市比较秀雅，南欧的则比较秾丽；新教的国家清醒中有节制，旧教的国家慵懒中有激情。所以斯德哥尔摩虽有"北方威尼斯"之美名，但是冬长夏短，寒光斜照，兼以楼塔之类的建筑多以红而带褐的方砖砌成，隔了茫茫烟水，只见灰蒙蒙阴沉沉的一大片，低压在波上。那波涛，也是蓝少黑多，说不上什么浮光耀金之美。南欧的明媚风情在那样的黑涛上是难以想象的：格拉纳达的中世纪"红堡"（Alhambra），那种细柱精雕、引泉入室的回教宫殿，即使再三擦拭阿拉丁的神灯，也不会赫现在波罗的海岸。

不过话说回来，无论是沉醉醉人，或是清醒醒人，欧洲的传统建筑之美总令人仰瞻低迴，神游中古。且不论西欧南欧了，即使东欧的小国，不管目前如何弱小“落后”，其传统建筑如城堡、宫殿与教堂之类，比起现代的暴发都市来，仍然一派大家风范，耐看得多。历经两次世界大战，遭受纳粹的浩劫，岁月的沧桑仍无法摧尽这些迟暮的美人，一任维也纳与布达佩斯在多瑙河边临流照镜，或是战神刀下留情，让布拉格的桥影卧魔涛而横陈。爱伦坡说得好：

你女神的风姿已招我回乡，
回到希腊不再的光荣
和罗马已逝的盛况。

一切美景若具历史的回响、文化的意义，就不仅令人兴奋，更使人低回。何况欧洲文化不仅悠久，而且多元，“外遇”的滋味远非美国的单调、浅薄可比。美国再富，总不好意思在波多马克河边盖一座卢浮宫吧？怪不得王尔德要说：“善心的美国人死后，都去了巴黎。”

一九九八年八月于西子湾

人物

凡·高——现代艺术的殉道者

凡·高作画用的是心，

一颗赤裸裸、热腾腾，

而又元气淋漓的心！

后期印象画派的大师高更，在斯通[①]的《凡·高传》（*Lust for Life*）里，曾经调侃过塞尚[②]说："塞尚，你的画面总是冷冰冰的。几英里路长的画布上简直找不到一两感情。"接着他大发议论，说什么塞尚作画用眼，修拉[③]作画用脑，罗特列克[④]作

① 斯通（Irving Stone，1903—1989），美国作家，因发表描写荷兰画家凡·高生平的传记小说《渴望生活》（文中所提的《凡·高传》）而成名。

② 塞尚（Paul Cézanne，1839—1906），法国画家，后期印象派的主将。

③ 修拉（Georges Seurat，1859—1891），法国画家，新印象画派（点彩派）创始人。

④ 罗特列克（Henri de Toulouse-Lautrec，1864—1901），法国后印象派画家，近代海报设计与石版画艺术先驱。

画用脾脏，卢梭[1]作画用幻想，而凡·高作画用心。

高更说得一点也不错，凡·高作画用的是心，一颗赤裸裸、热腾腾，而又元气淋漓的心！

像这样的一颗心自然是向着太阳的。即以画家而论，德拉克洛瓦[2]曾经南征非洲，塞尚自巴黎归隐艾克斯；高更更狂，率性远走南太平洋的塔希提岛，去过原始的生活；至于凡·高，一生创作的过程，由灰黯而趋鲜黄，由沉潜而趋奔放，恰恰也是由北而南——由北海岸边的荷兰和比利时到巴黎，再由巴黎向南方，直到地中海岸的阿尔。

凡·高虽是法国后期印象派的大师，他和同派其他的画家却大有区别。他来自荷兰，具有荷兰民族那种浓厚的乡土气息，同时更承继了本国伦勃朗[3]和哈尔斯[4]等画家的传统。在他的画里，只有严肃的沉痛，而无飘逸的轻愁；只有表现力和爱的气势，而无印象派那种光和色的抒情神韵。印象派诸子之中，唯有凡·高专画匹夫匹妇；矿工、织工、农人和村妇都是他人像画的对象。然而凡·高恒贫，又乏人缘，所以他往往只能作自画像或静物山水，而将见拒于社会的满腔热情完全贯注

① 卢梭（Henri Rousseau，1844—1910），法国画家，被称为“原始派画家”。

② 德拉克洛瓦（Eugène Delacroix，1798—1863），法国画家，浪漫主义画派的典型代表，创作了《自由引导人民》等作品。

③ 伦勃朗（Rembrandt Rijn，1606—1669），荷兰画家。

④ 哈尔斯（Frans Hals，约1580—1566），荷兰肖像画家、风俗画家。

在景物之中，因此，他的景物亦即自己个性的表现。他的整个画面都在动，他的一花一草都蟠着生命的活力。

凡・高的创作生命比同派的诸子都短：从廿七岁起到卅七岁殁时止，不过十年。可是这十年之中，他将一切都献给了艺术。他时常忍饥耐寒，将仅有的生活费用拿去买画布和颜料；他常在隆冬的雪地里，在盛夏的骄阳下，在山顶的北风中挣扎作画；他嫌生命太短促，有时竟在月光下画阿尔的苍松！以这种超人的意志力，他终于完成了八百幅油画和九百幅素描，可是生前仅售去其中的一幅！

一八五三年，凡・高生于荷兰一牧师之家，叔伯五位均为荷兰名流，其中三位是大画商。凡・高童年极为快乐，他是长子，有三妹二弟，其中以弟弟西奥和他感情最好，终生不渝。十六岁起，他曾先后去海牙和伦敦的古伯画店做工。廿二岁那年，他爱上自己伦敦寓所房东的女儿爱修拉，向她求婚，但被她峻拒。这初次的失恋使凡・高一直潜伏着的个性开始显露，也是他日后寻求解脱于宗教的一大诱因。

当时他因忽职被调去巴黎古伯画店。他住在蒙马特一小屋中，白天去卢浮宫研究名画，夜间则回寓读书，所读以《圣经》为主，哲学和诗为副。不久他又遭店方解雇，后来曾在伦敦近郊做过教员，又在荷兰一书店中做过店员，最后乃决定从事传教。

起先他去阿姆斯特丹念神学院，但是不喜欢那些冷冰冰的古文和其他神学课程，又改进布鲁塞尔的福音学校。开始他因性格耿介，不善辞令，又背叛传统的教条，未得教会的任命。但是他不顾一切，自往比利时的矿区，传教授课，不遗余力，终于感动了教会，给他一个临时的职位。自此他更加努力，忍饥寒、居陋室、散财物，摩顶放踵，无所不为。未几矿洞爆炸，凡·高悉心救护伤员，竟受到教会的申斥，说他降低身份，有失尊严，结果将他解职！从此凡·高对于宗教失去信心，经过一番内心的挣扎，终于改择艺术为终生的事业。

于是他开始以矿工和矿区景物做练习的对象。西奥从此按期寄钱给他，一直到他发狂自杀为止。他和西奥约定，所有作品悉归西奥，苟有售出，则两人平分。不料此约终成虚诺。严冬逼至，凡·高迁往布鲁塞尔小住，旋又返归艾田父亲的教区休养身体。不久他又爱上表姐凯伊，但凯伊新寡，深忆故夫，又因家庭关系，乃严拒凡·高。凡·高追到她家，她避不出见。凡·高以烛灸手，哀求伊父，但伊父目他为狂，终不允一见。

失恋之余，他又迁往海牙，向表哥画家莫夫[①]习画。未几，他收容了一个怀孕的妓女克丽丝丁，照顾她生产，并和她同居。此事引起各方的物议，加以女家不断诱她回去重操旧

① 莫夫（Anton Mauve，1838—1888），荷兰海牙画派的代表画家，跟凡·高有亲戚关系，但不是凡·高的表哥。

业，凡·高只好忍痛和她断绝。

回到父亲的新居纽南，凡·高重新埋头习画，但不久又邂逅老处女玛歌。这一次他算是被动，玛歌徐娘初恋，势不可当。可是等到论及婚嫁，女家又以凡·高游荡无业而严词拒绝。玛歌自杀未死，凡·高重陷孤寂，但此时他的艺术已渐渐成熟，名画《吃马铃薯的人》即为本时期作品。

一八八六年春，凡·高迁往巴黎，和西奥同住。这是他艺术的一大转捩点。当时的巴黎正值印象派开始雄视艺坛的阶段。凡·高结识了塞尚、高更、罗特列克、修拉和卢梭等画家，印象派那种鲜明而大胆的创造使他着迷。他日与诸子游，五光十色，应接不暇，模仿诸子的作品，亦步亦趋，唯恐不及。然而天才是不能安于学习的。凡·高始而兴奋，继而困惑，再则盛怒，终于厌倦。他厌倦于紧张的都市生活和繁多的艺术运动。巴黎是属于罗特列克和德加[①]的，他必须另拓自己的领土；他决心远征南方，去追求更多、更多的阳光。罗特列克介绍他去马赛附近的罗马遗城阿尔。

凡·高创作的全盛期终于来到。阿尔的骄阳将他的满头红发晒得发焦。凡·高沉醉于这一片浓而醇的光和色。他画鲜黄的向日葵、灿烂的果园、蓝得怕人的天空、亮得像花的星子、扭得像火的松树、起伏如波涛的地面、转动如漩涡的太阳和

① 德加（Edgar Degas，1834—1917），法国画家，印象派重要画家。

云。他将整座房屋涂成黄色，欢迎高更前来同住。不久高更来了。他们一同作画，起初是兴奋而快乐，但渐渐因个性相反而引起讨论、批评和争吵。一夜，他潜尾高更上街，想暗杀高更未遂，回到寓所，狂性大发，竟自割右耳，拿去赠给当地的一位妓女。

高更一惊，逸回巴黎。凡·高则被送往附近圣雷米的疯人院；在此，他的狂疾时作时隐。疯人院原系十二世纪古寺的遗址，一片死寂，有如墓地，只有午夜邻床病人的惊呼划破四围的沉静。凡·高于枕畔忆往思来，每每万念俱灰。此时他仍努力作画，其艺术价值不稍逊于阿尔时期的作品。

一八九〇年初夏，凡·高病情稍有起色，乃迁居巴黎北郊一小村奥维，受嘉合医师的看护。此时他虽仍创作不辍，但狂疾则与日俱深，最后的一张油画《麦田过万鸦》已经透露出悲剧的消息。同年七月廿七日，他独步荒郊，忽然癫痫发作，举枪自戕。一时未死，竟挣扎回寓，静待死神。次晨西奥赶到，坐守凡·高榻畔，怅然共话童年。廿九日清晨，凡·高遂长眠不起。

一九五四年十二月二十二日

记弗罗斯特*

当我初闻弗罗斯特
那种挟有十九世纪之风沙的声音时，
我的眼睛竟也湿了。
我似乎听见历史的骚响。

艾略特曾说四月是最残酷的月份，证之以我在爱奥华城的经历，颇不以为然。在我，一九五九年四月是幸运的：继四月三日在芝加哥听到钢琴家鲁道夫·塞尔金（Rudolf Serkin）奏勃拉姆斯的第一号钢琴协奏曲之后，我在四月十三日复会见了美国诗人弗罗斯特（Robert Frost，1874—1963）。

弗罗斯特曾经来过爱奥华城，但那是十年以前的事了。梁实秋先生留美时，也曾在波士顿近郊一个小镇上听过弗罗斯特

---

* 作者原译为“佛洛斯特”。由于时代和地区差异，作者对诸多名人的译名使用与今通用译名有别，所以编者对作者原译名做了合理的改动，以便于读者阅读理解。

自诵其诗，那更是三十年前的事了。物换星移，此老依然健在，所谓“红叶落尽，更见枫树之修挺”；美国二十世纪新诗运动第一代的名家，如今仅存他和桑德堡[①]二人，而他仍长桑德堡三岁，可谓英美诗坛之元老。这位在英国成名，在美国曾四度获普利策诗歌奖的大诗人，正如钟鼎文兄咏希梅内斯[②]时所写的，已经进入“渐远于人，渐近于神”的无限好时期，然而美国的青年们仍是那么尊敬且热爱他，目他为一个寓伟大于平凡的慈祥长者，他们举眼向他，向他寻求信仰与安全感、智慧与幽默。当他出现在大音乐厅的讲坛上，“炫数千年轻之美目以时间之银白时”，掌声之瀑历四五分钟而不退。罗西尼[③]说他生平流过三次泪，一次是当他初闻帕格尼尼[④]拉琴时。而当我初闻弗罗斯特那种挟有十九世纪之风沙的声音时，我的眼睛竟也湿了。我似乎听见历史的骚响。

四月十三日下午二点半，我去“诗创作”班上课，发现平时只坐二三十人的教室里已挤满了外班侵入的听众五六十人。我被逼至一角，适当讲座之斜背面。二时五十分“诗创作”教

---

① 桑德堡（Carl Sandburg，1878—1967），美国诗人、传记作家。

② 希梅内斯（Juan Ramón Jiménez，1881—1958），西班牙诗人，1956年获得诺贝尔文学奖。

③ 罗西尼（G. Rossini，1792—1868），意大利歌剧作曲家。

④ 帕格尼尼（Niccolo Paganini，1782—1840），意大利小提琴家、作曲家。

授安格尔[1]陪着弗罗斯特进来。银发的老人一出现，百多只眸子立刻增加了反光，笑容是甚为流行了。他始终站着，不肯坐下，一面以双手撑着桌沿，一面回答着同学们的许多问题。我的位置只容我看见他微驼的背影、半侧的脸和满头的白发。常见于异国诗集和《时代周刊》的一个名字，忽然变成了血肉之躯，我的异样之感是可以想象的。此时听众之一开始发问：

“弗罗斯特先生，你曾经读过针对你的批评吗？你对那些文字有什么感想？”

“我从来不读那种东西。每当有朋友告诉我说，某人发表了一篇评你的文章，我就问他，那批评家是否站在我这一边，如果是的，那就行了。当朋友说，是的，不过颇有保留，不无含蓄；我就说，让他去含蓄好了。”

听众笑了。又有人问他在班上该如何讲诗，他转身一瞥诗人兼教授的安格尔，说：“保罗和我都是干这一行的，谁晓得该怎么教呢？教莎士比亚？那不难——也不容易，你得把莎士比亚的原文翻译成英文。”

大家都笑起来。安格尔在他背后做了一个鬼脸。一同学忽然问他《指令》（*Directive*）一诗题目之用意。他摇头，说他从不解释自己的作品，而且：“如果我把原意说穿了，和批评家

① 安格尔（Paul Engle，1908—1991），美国人，艾奥瓦大学国际写作计划的创办者之一。其妻聂华苓是著名美籍华人作家。

的解释颇有出入时，那多令人难为情啊！解释已经作古的诗人的作品，是保险得多了。”

等笑声退潮时，又有人请他发表对于全集与选集的意见。

“《英诗金库》（*The Golden Treasury*）[①]固然很好，但有人怀疑是丁尼生[②]的自选集（笑声）。有人大嚷，选集有害，宜读全集。全集吗？读勃朗宁[③]的全集吗？恶！”

接着他又为一位同学解释诗的定义，说“诗是经翻译后便丧失其美感的一种东西”，又说“诗是许多矛盾经组织后成为有意思的一种东西”，不久他又补充一句：“当然这些只是零碎的解释，因为诗是无法下定义的。”他认为“有余不尽”（ulteriority）是他写诗追求的目标——那便是说，在水面上我们只能看见一座冰山的一小部分，藏在水面下的究竟多大，永远是一个谜。他又说：“我完全知道自己任何一首诗的意义，但如果有人能自圆其说地做不同解释时，我是无所谓的。有一次一位作家为了要引用我的诗句，问我是否应该求得我的出版商的同意。我说：‘不必了吧，我们何不冒险试一次呢？’”

本年度弗罗斯特被任命为国会图书馆的英诗顾问。一位同

---

① 《英诗金库》收录了144位著名英美诗人的诗作，其中包含丁尼生的大量诗歌。

② 丁尼生（Alfred Tennyson，1809—1892），英国诗人，1850年被封为桂冠诗人。

③ 勃朗宁（Robert Browning，1812—1889），英国诗人。

学问他就任以来有何感想。他答称，正式的公事只有四次，其一是艾森豪威尔总统曾经向他请教有关祈求永久和平的一篇祷告词。

“这种文字总是非常虚伪的，”他说，“人生来就注定要不安、骚动，而且冲突。这种冲突普遍存在于生命的各种状态，包括政治和宗教。”

如是问答了约一小时，“诗创作”一课即算结束。安格尔教授遂将班上三位东方同学——菲律宾诗人桑托斯（Bienvenido Santos），日本女诗人长田好枝（Yoshie Osada）及笔者——介绍给弗罗斯特。他和我们合照后，就被安格尔教授送回旅舍休息。

匆匆去艺术系上过两小时的“现代艺术”，即应邀去安格尔教授家中。他的客厅里早已坐（或立）满了自爱奥华州首府得梅因赶来的各报记者及书评家等。晚餐既毕，大家浩浩荡荡开车去本校的大音乐厅，听弗罗斯特的演说。还不到八点，可容两千多人的大厅已经坐满了附近百英里内赶来的听众和本校同学。来迟的只好拥挤着，倚壁而立。八点整，弗罗斯特在安格尔的陪伴下步上了大讲台，欢迎的掌声突然爆发，摇撼着复瓣的大吊灯。安格尔做了简单的介绍后，即将一架小型的麦克风挂在弗罗斯特的胸前，然后下台。老诗人抚着麦克风说：“这样子倒有点像柯勒律治（Samuel Taylor Coleridge）诗中身悬信天翁的古舟子了。”

听众皆笑了，他们爱这位白发萧骚而不失赤子之心的诗人，正如爱一位纵容他们的老祖父。他们听他朗诵自己的诗，从晚近的到早期的，一如在检阅八十年的往事。在两诗之间，弗罗斯特的回忆往往脱缰而逸；他追念亡友托马斯（Edwald Thomas），怀想大西洋对岸的故人格雷夫斯（Robert Graves），显然感慨很深。他以苍老但仍朴实有劲且带浓厚的新英格兰乡土味的语音朗诵《不远也不深》《雪晚林畔》《一丛花》《修墙》《雇工之死》《窗前树》《分工》《认识了夜》及许多双行体[1]（Couplet）的小品。到底年纪老了，有好几处他自己也念错了；例如《不远也不深》的第二行，他便将书上印的look误为face了。将诵《一丛花》时，他说当初他应该加上一个小标题——“何以他留它在此”。关于《雇工之死》，他说那长工不是他的仆人，而是他的朋友、同事。他说他特别偏爱双行体，因为它语简意长；这种诗句往往在火车上或午夜散步之际闪现于他心中。有一次他在自己电视节目将完时忽想起了两行：

> 呵上帝，饶恕我开你的小玩笑，
> 则我也将你开的大玩笑忘掉。

① 双行体是一种西欧格律诗。双行体由押韵的双诗行组成，以英国的“英雄双行体”、法国的“亚历山大双行体”和德国的“抑扬四班格”最著名。

直到九点半，弗罗斯特才在掌声中结束了他寓庄于谐的演说。我随记者及书评家们回到安格尔寓所，参加欢迎弗罗斯特的鸡尾酒会。来自东方的我，对于这种游牧式的交际，向来最感头痛，但为了仰慕已久的大诗人，只好等下去。十点一刻，弗罗斯特出现于客厅，和欢迎者一一握手交谈。终于轮到我，老诗人听安格尔介绍我来自中国，很高兴，且微笑说："你认识乔治·叶吗？"

"你是指叶公超[①]大使吗？"我说。

"是啊，他是我的学生呢。他是一个好学生。"

"我有一位老师在三十年前留美时听过你的朗诵，他曾经几次向我提起。"

"是吗？那是在哪儿？"

"在波士顿。"

"啊！台湾的诗现状如何？"

"人才很多，军中尤盛，只是缺少鼓励。重要的诗社有蓝星、现代、创世纪三个。你的诗译成中文的不少呢。"

于是我即将自己译的《请进》《火与冰》《不远也不深》《雪尘》四首给他看。他眯着眼打量了那些文字一番，笑说："嗯，什么时候我倒要找一个懂中文的朋友把你的译文翻回

① 叶公超（1904—1981），著名外交家、书法家，英文名乔治，著有《英国文学中之社会原动力》等。

去，看能不能还原，有多大出入。”

“这是不可能的，”我说，“能译一点诗的人谁没有先读过你的诗呢？”

接着他问我回台湾后是否教英国文学；当我说“是的”时，他问我是否将授英诗。我做了肯定的答复。他莞尔说：“也教我的诗吗？”

“也教，如果你将来不就自己的作品发表和我相异的解释的话。”

记起下午他调侃批评家们的话，他笑了。谈话告一段落，我立刻请他在两本新买的“现代丛书”版的《弗罗斯特诗集》之扉页上为我签名。他欣然坐下，抽出他那老式的秃头派克钢笔，依着我的意思，签了一本给夏菁，一本给我。给我的一本是如此签名：“给余光中，罗伯特·弗罗斯特赠，并祝福台湾，一九五九年于爱奥华城。”夏菁是我的诗友中最敬爱弗罗斯特的一位，这本经原作者题字的诗集将是我所能给他的最佳礼物了。

然后我即立在他背后，请长田好枝为我们合照。俯视他的满头银发，有一种皎白的可爱的光辉，我忽生奇想，想用旁边几上的剪刀偷剪几缕下来，回国时赠蓝星的诗人们各一根，但一时人多眼杂，苦无机会下手。不久老诗人即站了起来，和其他来宾交谈去了。十一点半，安格尔即送他回去休息。

林中是迷人，昏黑而深邃，
但是我还要赴许多约会，
还要赶好几英里路才安睡，
还要赶好几英里路才安睡。

弗罗斯特曾说他是一个天生的云游者；当他在音乐厅朗诵《雪晚林畔》到此段时，我忽然悟出其中有一种死的象征，而顿时感到鼻酸。希望他在安睡以前还有几百英里，甚至于几千英里的长途可以奔驰。

一九五九年四月于爱奥华城

食花的怪客

古典文学的冒思庄教授。十五年来第一次系一个绯红的领结来上课。一进教室，就感觉所有的目光都集中在他的颏下。他装出毫不在意的样子，走上讲台，开始讲课。一抬头，瞥见前排的几个女生正凑到一起咬耳朵，一面偷偷举起眼睫，睨着他微笑。真不该系这红领结的，他想。每天早晨，冒思庄从单身教授的宿舍缓缓步行到学校来上课，总是一身深青色的西装，打一条灰郁郁的领带，天冷的时候，总是戴一顶暗蓝调子的法国小帽，遮住半白的短发。这一身打扮，已经成为校园里的十景之一。学生都戏称他常走的那条路为“罗马大道”。今天，法国小帽忽然不见了，这还不算，连灰领带也换了红领结。空前的大新闻，下礼拜的校刊上一定有一段的。

冒思庄开始讲解一首颇长的古典田园诗。“所谓牧神，是一种半人半兽的妖怪，出没在森林地区，追随酒神，而且向泽畔的仙子，水汪汪的仙子求爱……”冒思庄是赫赫有名的古典学者，他一走上讲台，底下立刻鸦雀无声，表示一种尊崇的肃静。他的班上常是人口最密的地方，可是正式选课的只占少数。因为他的分数太紧，十五年来没有几个学生能拿到八十分以上。偶尔从闪光的眼镜后扫视台下，冒思庄继续讲下去。八九十人的大教室，只有一只迷路的黄蜂，震起一串高频率而低沉的营营，在讲台前面沉吟了好一会，断定春天不在这里，终于嗡嗡然，从另一扇窗口飞走。外面，杜鹃开得好热烈，红白缤纷，像一团爱情的雾。阳光从高高的榄仁树上落下来，斑斑点点的琥珀，溅满窗台，一直溅到临窗一个女生的迷你裙上。早晨九点多的空气，寂寂无风，犹带有草木的清芬和新鲜的露水气息。是这样晴美的日子，完整无憾得令人不习惯，令人蠢蠢欲动，想做点荒谬的事情。毕竟，雨季拖得太长太久了，森冷的潮湿压在人心上，像老伤口上的一条绷带。想着想着，冒思庄竟产生一种幻觉，似乎回荡在空中的声音不属于他自己。如果我能够从那扇窗口飞出去，他想，嗡嗡地飞出去，像一只自由黄蜂，飞出去，把不属于自己的自己留在这里。飞出去，在下课的钟声之前飞回来……

忽然有一阵节拍迅疾的步声自长廊的彼端传来，愈来愈响，渐渐听得出是兽蹄的奔踹，叩地铿然。冒思庄大骇。正惊疑间，门外闯进来一个人，气喘咻咻地冲向后排，匆匆找到一个位子坐下，鲁莽的动作引发了全班的哗笑，冒思庄不得不暂时放下书本。

“你叫什么名字？”他冷峻地问。

“穆申。”陌生人笑嘻嘻回答。

“你说什么?”冒思庄吓了一跳。

“我叫穆申。”高瘦然而结实的年轻人说，沉而洪的声音从他的浓髭间扬起，令人感到威胁的男低音。

“什么?”

“他说他叫——穆——申——”旁边一个女生笑吟吟地解释。

“哦,”冒思庄松了一口气,“你好像不是本班的。”

“我也不是本系的。我是——”

“畜牧系?”

全班哄然。

“不，也不是。我来自远方——”

又是一阵笑声。有人笑得咳起嗽来。

“你是来旁听的?”冒思庄说。

目光炯炯的年轻人点点头。

“下次不要迟到，妨碍别人。”

年轻人似笑非笑，耸一耸肩膀。

冒思庄皱起眉头向他微愠地瞪了一眼，继续讲课。但是他似乎不能专心讲课了。胸口好浓的虬毛，他想。这陌生青年刚才的横冲直闯，震耳的男低音，无畏的神色，无所顾忌的言谈，这一切，都令冒思庄感到心乱。好无礼的年轻人，他想。但立刻他又发现，自己对那旁听者的感觉也不是纯然的厌憎。

厌憎，是的，但同时还感到羡慕。厌憎，加上羡慕。那不是妒忌了吗？冒思庄惑然了。冒思庄，古典文学的权威，名教授，名批评家，欧洲文学大师的及门弟子，竟然会去妒忌一个素昧平生的毛头小子，岂非天下奇闻！这问题，他在内心深处微笑，恐怕去问狮身人面妖也得不到答案。不过是一个毛头小伙子，他在心里复述一遍。毛头小——那年轻人是毛发蓊茸的。想着，他又向陌生人的方向投了一瞥。果然须发鬖鬖，眼神灼灼。过了一会，冒思庄又不安地瞥了一眼，发现他耳朵似乎比别人长，且峻然向上削起，前额隆然，一副头角峥嵘的样子。出乎本能，冒思庄隐隐感觉他身上一定也是毛茸茸的。可惜下半身给遮住了，看不见脚，否则……

后排传来柔媚的笑声，由于半为笑者所抑显得特别含义深沉，令人分心。冒思庄发现一个女生半侧着脸，向那陌生人微笑，一面将长发掠向耳后。是宁芙——，他努力思索，宁芙雅？一时冒思庄记不起她的第三个字。总之是宁芙什么的就是了。冒思庄从来不点名，班上同学们的名字，他知道的，不会超过一打。这位宁芙——雅？听系里年轻讲师说起过，好像是系花——还是级花？总之不是一朵“墙花”。总之，连冒思庄也免不了要多看她一眼。这一眼就够了。这一眼，使冒思庄断定她是为爱情而生的。中世纪的传奇，文艺复兴的十四行诗，应该有这样一位女主角。已经第二学期了，冒思庄只和她说过两句话，不，应该说她只对冒思庄说过两句话，而冒教授只含笑对她点了一点头。因为冒思庄受的是英国绅士的教育，在学生面前照例保持奥林帕斯式的崇高。有时候，他甚至想伸出手去，徐徐抚摸她们软软的头发，直至她们的形体波动起伏，成为良导体，如一头过敏的猫。

忽然，抑制不住的那笑声，又从后排传来，短促，但异常丰沃。冒思庄抬起头来。立刻他大吃一惊。宁芙雅半仰起脸，正朝着陌生人笑，笑得十分动情，而穆申，那无礼的毛小子，正用臂毛茂密的手，缓缓地，似有意似无意地在抚弄她的长发。他们合看同一本书，靠得那么近，他的下颏几乎触及她的额角。冒思庄一直想做的，那毛小子现在竟然在做着。那毛小子，闯进来还不到半个钟头！十五年来，谁敢在他的班上这样放肆？冒思庄非常愤怒，激动之中，他几乎停止了讲课。学生们纷纷仰起面来，迷惑地看着他。难道你们没有注意到吗？他想问他们。一个陌生人，一个自称“来自远方”的陌生人闯了进来，这么一伸手，就摘去了你们的级花？可是一瞬间，冒思庄下不了决心，他继续吟诵那田园诗的末章。学生们也都垂下头去。但接着，又一件怪事发生了。教室的一角，隐隐传来兽蹄顿足之声，愈来愈响，半分钟后又逐渐消沉下去。明明是宁芙雅和毛小子的那个位置。但蹄声低沉时，又像在数百码外。这样周而复始，重复了三次。

“是谁？”冒思庄厉声喝问。

学生们大吃一惊，全抬起头来，茫然仰看着他。

“刚才是谁在顿脚？”说着他把目光射向那陌生的青年。宁芙雅满脸惊惶，像别的同学一样。死寂的气氛中，只有陌生人神色自若，嘴角似乎还挂着一痕淡淡的嘲笑。冒思庄再也忍不住了。他霍地站了起来。

正在这时，下课钟声铿铿响起。走廊上传来人声和步声，班上的同学以为冒思庄要下课了，也都推椅而起。

冒思庄再度走进教室的时候。一眼便看见那陌生人洒脱地坐在窗台上，一手拥着宁芙雅圆满的肩头，成为五六个同学聚谈的中心。冒思庄一皱眉头，在讲台上坐下。学生们纷纷回到座位。冒思庄正要开始，那陌生人忽然站起来。

“我建议，这一课大家到外面去上。”

“为什么？”冒思庄沉下了脸。

“天气这么好，闷在教室里，多别扭。”陌生人说。

“好嘛，好嘛。老师！”学生全哄起来。宁芙雅也在里面。

“那怎么可以——”

“好嘛，好嘛！”学生不肯放弃。宁芙雅一脸的委屈。

“不过。你们要守秩——”

班上爆起一阵欢呼。学生们争先恐后挤向门口，有的跨过前面的座椅，有的，甚至从窗口跳了出去。陌生人牵着宁芙雅的手，跑在最前面。忽然，冒思庄惊呼起来。他看到陌生人的脚了。那是一对羊蹄。而几乎是在同时，他看到陌生人的额顶，赫然有一对角！他抓住旁边一个男生的手臂，惊喘地说：

“你看见他的角没有？”

“什么脚，老师？”

“那个旁听生，哪，跟宁芙雅走在一起的。你看他头上，有什么古怪没有？”

那男生看看陌生人，又看看冒思庄。他不解地摇摇头。另外一位男生跑上来，问他们有什么事。听了冒思庄的解释后，他也打量了那陌生人一下。同样地摇摇头。

这时，大家都到了青草地上，纷纷在杜鹃花丛中找地方坐下。整个校园显得闹哄哄的。在金晃晃的阳光里，晒不到三分钟，女孩子们纷纷脱下毛衣，男生也把夹克褪了。冒思庄坐在草地的中央，也把西装上衣脱掉，随手抛在一枝杜鹃上。他继续讲课。可是他再也无法把注意力集中在书上了。坐的是真的芳草，倚的是真的鲜花，活的阳光抚在他新剃的面颊上，像一只—— 一只温柔的手掌。他注意到，学生们也都无心听讲了，有些躲在花丛里叽叽喳喳在讲话，有些干脆躺下来，闭起眼睛晒太阳。一只黑底黄斑的花蝴蝶，停在冒思庄膝头摊开的书页上，彩翼颤颤地憩了一会。又飞去另一本书上。两个女生站起来想捉它。坐在远处的一个男生嚷起来。

“老师，我们听不见！”他举手说。

冒思庄颓然把书阖上，歇一口气。忽然有一曲笛音扬起，自杜鹃花丛的背后。那样幽美清雅的旋律，一转三折，回旋又回旋，像对怔怔出神的牛群和羊群，赞叹牧野的开旷，草的芬芳，云的悠闲，和近处，水流的自得自在。大家都放下了书本。笛音一变，如歌的行板变成谐谑调，像在笑诉女神的惊逸和牧神的亢奋，以及牧羊人无法排遣的妒羡之情，最后，以黄昏的炊烟，那样袅袅而细的炊烟，袅袅作结。大家从半寐的神游中醒来，不自禁地拍起掌来。须发鬖鬖的高瘦青年，从花丛后站了起来，手里扬起一管笛子。接受完大家的掌声，他大声说：

“这才叫春天！可惜没有带野餐来，否则我们可以在草地上野餐。别笑，别笑！看我野餐给大家看。”

说着他随手采了一束杜鹃花。一朵接一朵地嚼了起来。他嚼得津津有味，同时轧轧有声，片刻工夫，竟然吃得精光。他拍拍手，喉核上下一阵移动，显然，都咽下去了。大家惊得怔怔地，接着，又鼓起掌来。

“怎么样？”那陌生青年得意地叫，“你们那些什么明喻，暗喻，反喻，矛盾语法，无韵体，意大利体，能吃吗？把那些死的春天吐掉吧。要吃，吃活的。像我这样——”

他弯下腰去，再站直时，他的手里握了一把青草。连根带泥，不到一刻工夫，那把青草和纠结在一起的小紫花球全吃光了。

“连根吃，比巧克力还甜。”说罢，他舐唇吮舌，把粘在髭上的一些草屑，都卷了进去。学生们兴致勃勃，纷纷学起他的样来。冒思庄不自觉地也折了一朵粉红的杜鹃，放进嘴去尝尝。立刻，他又把花瓣吐了出来。他觉得胃中翻腾得好难过，好像要呕的样子。抬起头来，冒思庄发现几乎全班都在咀花嚼草，吃得津津有味。忽然，他感到怒不可遏。他霍然站起身来，向那陌生人走过去。他发现那两角的怪物正覆在宁芙雅的身上，毛茸茸的手臂圈着她的腰和背。显然，两人在争噬一朵粉红的杜鹃，多须的嘴压在丰腴的唇上。

“起来，你这畜生！”冒思庄忘其所以地扑过去，一只手按在宁芙雅的肩上，另一只猛攫住陌生人的右臂。陌生人放下女孩子，站了起来。两个男人扭成一团，冒思庄两手分握住对方的两只角，陌生人狠狠地抓住他的红领结，一时秩序大乱。女生惊呼。男生跑过来拉架。杜鹃花摇来摆去。围观的路人愈来愈多。

最后，来了两名校警。

冒思庄躺在单身宿舍的床上。虫声幽幽。在细密的纱窗上，翻来覆去说夜有多静。空中寂寂无风。五月初暖的气侯，黑而神秘的夜轻轻覆在他脸上，像天鹅绒的猫掌。那样温柔的黑天鹅绒，似乎里面没有猫爪。但是他知道，里面有尖尖的爪子，迟早会从松软的绒里透出来。听着虫声。他知道屋顶的天线上是密密的星，星光下，有多少草叶在酿制晶冷的露水。他的舌上还有杜鹃花液汁的味道，泥土淡淡的腥气。耳中，还回旋着牧笛的余韵，一时，他分不清那是户外的虫声，还是他的记忆。而感觉最强烈的，是他的手，露在薄毛毡外的两手，左手，是那陌生人多毛，多汗，肌腱勃怒的臂留下的感觉，右手，是宁芙雅，啊，宁芙雅，她圆滑的肩头留下的余温。被蛊的双掌。左和右的感觉竟有这样尖锐的不同！只是在对比之中，似乎有一样东西是相同的。一样说不出的什么，和他在鸡尾酒会上，颁奖典礼时握手的感觉，截然相异。他想起，护士为他打针时，手指按在他卷起衣袖的臂上，理发师为他修面，手指抚过他光滑的下巴，车掌找回零币，指尖停留在他的掌心，只停留那么几分之一秒。但那些只是职业性的接触，他知道她们对所有的人都是如此。今天早晨，在纯然忘我的一闪一瞬之间，简直是同时，他的手，他的手竟和出汗的青铜和暖暖的大理石合成一体。那是怎么样活着的一刹那啊。那一瞬，可以偿付整个学术界的侧目和学生们在他背后的指指点点而有余。现在，他发现自己并不恨陌生人，恰恰相反，他竟有点感激他，感激他为自己撞穿了一道什么。同样，他知道自己对宁芙雅也无所谓爱情不爱情。那才奇怪呢，他苦笑。“这件事，没有我的份；既非父亲，也非情人。”诗人这么说过。在这件事上，冒思庄一直是无份的，像一截绝缘体。四岁起，他就失去母亲。在大学里，徒有才子之名，一个女朋友也没有。在欧洲留学的第二年，窃慕英国教授的金发夫人，没有念完就转学了。一身兼独子，孤儿，单身汉之大成，他常这样自嘲，从来不知道母亲、姐妹、情人、妻子、女儿，是怎么一回事。

第二天早晨，仍是晴天。冒思庄仍旧系那个红领结来上课。那陌生的旁听者不再出现。没有人知道他哪里来的，或是回哪里去。

一九六八年

我的四个假想敌

二女幼珊在港参加侨生联考，以第一志愿分发台大外文系。听到这消息，我松了一口气，从此不必担心四个女儿通通嫁给广东男孩了。

我对广东男孩当然并无偏见，在港六年，我班上也有好些可爱的广东少年，颇讨老师的欢心，但是要我把四个女儿全部让那些“靓仔”“叻仔”掳掠了去，却舍不得。不过，女儿要嫁谁，说得洒脱些，是她们的自由意志，说得玄妙些呢，是姻缘，做父亲的又何必患得患失呢？何况在这件事上，做母亲的往往位居要冲，自然而然成了女儿的亲密顾问，甚至亲密战友，作战的对象不是男友，却是父亲。等到做父亲的惊醒过来，早已腹背受敌，难挽大势了。

在父亲的眼里，女儿最可爱的时候是在十岁以前，因为那时她完全属于自己。在男友的眼里，她最可爱的时候却在十七岁以后，因为这时她正像毕业班的学生，已经一心向外了。父亲和男友，先天上就有矛盾。对父亲来说，世界上没有东西比稚龄的女儿更完美的了，唯一的缺点就是会长大，除非你用急冻术把她久藏，不过这恐怕是违法的，而且她的男友迟早会骑了骏马或摩托车来，把她吻醒。

我未用太空舱的冻眠术，一任时光催迫，日月轮转，再揉眼时，怎么四个女儿都已依次长大，昔日的童话之门砰地一关，再也回不去了：四个女儿，依次是珊珊、幼珊、佩珊、季珊。简直可以排成一条珊瑚礁。珊珊十二岁的那年，有一次，未满九岁的佩珊忽然对来访的客人说："喂，告诉你，我姐姐是一个少女了！"在座的大人全笑了起来。

曾几何时，惹笑的佩珊自己，甚至最幼稚的季珊，也都在时光的魔杖下，点化成"少女"了。冥冥之中，有四个"少男"正偷偷袭来，虽然蹑手蹑足，屏声止息，我却感到背后有四双眼睛，像所有的坏男孩那样，目光灼灼，心存不轨，只等时机一到，便会站到亮处，装出伪善的笑容，叫我"岳父"。我当然不会应他。哪有这么容易的事！我像一棵果树，天长地久在这里立了多年，风霜雨露，样样有份，换来果实累累，不胜负荷。而你，偶尔过路的小子，竟然一伸手就来摘果子，活该蟠地的树根绊你一跤！

而最可恼的，却是树上的果子，竟有自动落入行人手中的样子。树怪行人不该擅自来摘果子，行人却说是果子刚好掉下来，给他接着罢了。这种事，总是里应外合才成功的。当初我自己结婚，不也是有一位少女开门揖盗吗？"堡垒最容易从内部攻破”，说得真是不错。不过彼一时也，此一时也。同一个人，过街时讨厌汽车，开车时却讨厌行人。现在是轮到我来开车。

好多年来，我已经习于和五个女人为伍，浴室里弥漫着香皂和香水气味，沙发上散置皮包和发卷，餐桌上没有人和我争酒，都是天经地义的事。戏称吾庐为“女生宿舍”，也已经很久了。做了“女生宿舍”的舍监，自然不欢迎陌生的男客，尤其是别有用心的一类。但是自己辖下的女生，尤其是前面的三位，已有“不稳”的现象，却令我想起叶芝的一句诗：

一切已崩溃，失去重心。

我的四个假想敌，不论是高是矮，是胖是瘦，是学医还是学文，迟早会从我疑惧的迷雾里显出原形，一一走上前来，或迂回曲折，嗫嚅其词，或开门见山，大言不惭，总之要把他的情人，也就是我的女儿，对不起，从此领去。无形的敌人最可怕，何况我在亮处，他在暗里，又有我家的“内奸”接应，真是防不胜防。只怪当初没有把四个女儿及时冷藏，使时间不能拐骗，社会也无由污染。现在她们都已大了，回不了头；我那四个假想敌，那四个鬼鬼祟祟的地下工作者，也都已羽毛丰满，什么力量都阻止不了他们了。先下手为强，这件事，该趁那四个假想敌还在襁褓的时候，就予以解决的。至少美国诗人纳什（Ogden Nash，1902—1971）劝我们如此。他在一首妙诗《由女婴之父来唱的歌》（*Song to Be Sung by the Father of Infant Female Children*）之中，说他生了女儿吉儿之后，惴惴不安，感到不知什么地方正有个男婴也在长大，现在虽然还浑浑噩噩，口吐白沫，却注定将来会抢走他的吉儿。于是做父亲的每次在公园里看见婴儿车中的男婴，都不由神色一变，暗暗想道："会不会是这家伙？"想着想着，他"杀机陡萌"（My dreams，I fear，are infanticiddle），便要解开那男婴身上的别针，朝他的爽身粉里撒胡椒粉，把盐撒进他的奶瓶，把沙撒进他的菠菜汁，再扔头优游的鳄鱼到他的婴儿车里陪他游戏，逼他在水深火热之中挣扎而去，去娶别人的女儿。足见诗人以未来的女婿为假想敌，早已有了前例。

不过一切都太迟了。当初没有当机立断，采取非常措施，像纳什诗中所说的那样，真是一大失策。如今的局面，套一句史书上常见的话，已经是"寇入深矣"！女儿的墙上和书桌的玻璃垫下，以前的海报和剪报之类，还是披头士、拜丝、大卫·凯西弟的形象，现在纷纷都换上男友了。至少，滩头阵地已经被入侵的军队占领了去，这一仗是必败的了。记得我们小时，这一类的照片仍被列为机密要件，不是藏在枕头套里，贴着梦境，便是夹在书堆深处，偶尔翻出来神往一番，哪有这么二十四小时眼前供奉的？

这一批形迹可疑的假想敌，究竟是哪年哪月开始入侵厦门街余宅的，已经不可考了。只记得六年前迁港之后，攻城的将士便换了一批口操粤语的少年来接手。至于交战的细节，就得问名义上是守城的那几个女将，我这位“昏君”是再也搞不清的了。只知道敌方的炮火，起先是瞄准我家的信箱，那些歪歪斜斜的笔迹，久了也能猜个七分；继而是集中在我家的电话，“落弹点”就在我书桌的背后，我的文苑就是他们的沙场，一夜之间，总有十几次脑震荡。那些粤音平上去入，有九声之多，也令我难以研判敌情。现在我带幼珊回了厦门街，那头的广东部队轮到我太太去抵挡，我在这头，只要留意台湾健儿，任务就轻松多了。

信箱被袭，只如战争的默片，还不打紧。其实我宁可多情的少年勤写情书，那样至少可以练习作文，不致在视听教育的时代荒废了中文。可怕的还是电话中弹，那一串串警告的铃声，把战场从门外的信箱扩至书房的腹地，默片变成了身历声，假想敌在实弹射击了。更可怕的，却是假想敌真的闯进了城来，成了有血有肉的真敌人，不再是假想了好玩的了，就像军事演习到中途，忽然真的打起来了一样。真敌人是看得出来的。在某一女儿的接应之下，他占领了沙发的一角，从此两人呢喃细语，嗫嚅密谈，即使脉脉相对的时候，那气氛也浓得化不开，窒得全家人都透不过气来。这时几个姐妹早已回避得远远的了。任谁都看得出情况有异。万一敌人留下来吃饭，那空气就更为紧张，好像摆好姿势，面对照相机一般。平时鸭塘一般的餐桌，四姐妹这时像在演哑剧，连筷子和调羹都似乎得到了消息，忽然小心翼翼起来。明知这僭越的小子未必就是真命女婿，（谁晓得宝贝女儿现在是十八变中的第几变呢?）心里却不由自主升起一股淡淡的敌意。也明知女儿正如将熟之瓜，终有一天会蒂落而去，却希望不是随眼前这自负的小子。

当然，四个女儿也自有不乖的时候，在恼怒的心情下，我就恨不得四个假想敌赶快出现，把她们统统带走。但是那一天真要来到时，我一定又会懊悔不已。我能够想象，人生的两大寂寞，一是退休之日，一是最小的孩子终于也结婚之后。宋淇有一天对我说："真羡慕你的女儿全在身边!"真的吗？至少目前我并不觉得自己有什么可羡之处。也许真要等到最小的季珊也跟着假想敌度蜜月去了，才会和我存并坐在空空的长沙发上，翻阅她们小时的相簿，追忆从前，六人一车长途壮游的盛况，或是晚餐桌上，热气蒸腾，大家共享的灿烂灯光。人生有许多事情，正如船后的波纹，总要过后才觉得美的。这样一想，又希望那四个假想敌，那四个生手笨脚的小伙子，还是多吃几口闭门羹，慢一点出现吧。

袁枚写诗，把生女儿说成"情疑中副车"，这书袋掉得很有意思，却也流露了重男轻女的封建意识。照袁枚的说法，我是连中了四次副车，命中率够高的了。余宅的四个小女孩现在变成了四个小妇人，在假想敌环伺之下，若问我择婿有何条件，一时倒恐怕答不上来。沉吟半晌，我也许会说："这件事情，上有月下老人的婚姻谱，谁也不能窜改，包括韦固，下有两个海誓山盟的情人，‘二人同心，其利断金’，我凭什么要逆天拂人，梗在中间？何况终身大事，神秘莫测，事先无法推理，事后不能悔棋，就算交给二十一世纪的电脑，恐怕也算不出什么或然率来。倒不如故示慷慨，伪作轻松，博一个开明父亲的美名，到时候带颗私章，去做主婚人就是了。”

问的人笑了起来，指着我说：“什么叫作‘伪作轻松’？可见你心里并不轻松。”

我当然不很轻松，否则就不是她们的父亲了。例如人种的问题，就很令人烦恼。万一女儿发痴，爱上一个耸肩摊手口香糖嚼个不停的小怪人，该怎么办呢？在理性上，我愿意“有婿无类”，做一个大大方方的世界公民。但是在感情上，还没有大方到让一个臂毛如猿的小伙子把我的女儿抱过门槛。现在当然不再是“严夷夏之防”的时代，但是一任单纯的家庭扩充成一个小型的联合国，也大可不必。问的人又笑了，问我可曾听说混血儿的聪明超乎常人。我说：“听过，但是我不稀罕抱一个天才的‘混血孙’。我不要一个天才儿童叫我Grandpa，我要他叫我外公。”问的人不肯罢休：“那么省籍呢？”

“省籍无所谓，”我说，“我就是苏闽联姻的结果，还不坏吧？当初我母亲从福建写信回武进，说当地有人向她求婚。娘家大惊小怪，说：‘那么远！怎么就嫁给南蛮！’后来娘家发现，除了言语不通之外，这位闽南姑爷并无可疑之处。这几年，广东男孩锲而不舍，对我家的压力很大，有一天闽粤结成了秦晋，我也不会感到意外。如果有个台湾少年特别巴结我，其志又不在跟我谈文论诗，我也不会怎么为难他的。至于其他各省，从黑龙江直到云南，口操各种方言的少年，只要我女儿不嫌他，我自然也欢迎。”

“那么学识呢？”

“学什么都可以。也不一定要是学者，学者往往不是好女婿，更不是好丈夫。只有一点：中文必须精通。中文不通，将祸延吾孙！”

客又笑了。“相貌重不重要？”他再问。

“你真是迂阔之至！”这次轮到我发笑了，“这种事，我女儿自己会注意，怎么会要我来操心？”

笨客还想问下去，忽然门铃响起。我起身去开大门，发现长发乱处，又一个假想敌来掠余宅。

一九八〇年九月于台北

散文精读·余光中 >>

游记

卡莱尔故居

1976年8月，香港暴雨成灾，我却在苦旱正长何草不黄的伦敦，作客一旬。对我，伦敦这地方既陌生又亲切。陌生，是不消说了，伦敦之大，我认识的人不上一打。鬼呢，倒是认得很多，最多的一群是在西敏寺里。也许认识得太多了，只觉得整个伦敦幢幢尽是鬼影，像一座记忆深远的古屋。幸好我所认识的那许多鬼，大半都是美丽的灵魂，且已不朽。卡莱尔（Thomas Carlyle，1795—1881）正是这样的一位。

到伦敦后第四天的早晨，在周榆瑞先生的向导下，瞻仰了这位苏格兰文豪的故居。屋在伦敦西南齐而西区的沿河地带，与河堤相距，不到半盏茶的工夫。两人从地下车站冒了上来，沿着泰晤士河，施施朝西而行。正是夏末秋初，久旱不雨的伦敦，天蓝得不留余地，左手的一排堤树，绿中带黄，丛叶已疏，树外是齐而西河堤仆仆的车尘，再外面，便是缓缓东流的泰晤士河了。向里看，是一排维多利亚式的三层楼屋，红砖黑栅，白漆窗框，藤萝依依，雀噪碎细，很有一种巷间深寂的情调。干燥的季节，人家院子里的玫瑰却肆无忌惮地绽着红艳。

榆瑞停了下来，隔着疏疏的铁栏，为我指点一座显经修葺的老屋。门侧的墙上挂着一块白牌。走上前去，才看清上面写着“乔治·艾略特故居，1880年艾略特在此逝世”。向前再走数户，又有一家墙上挂着白牌，上书“罗赛蒂与史云朋旧宅”。

我说：“这条街可不简单，住过三位大师。”

榆瑞笑起来：“里面的陈设早就改了。新主人不甘寂寞，挂块名牌自我炫耀一番，可不像纪念馆那样任人参观的。”

再往前走了百多码，背着泰晤士河向右一转，我们就站在倩尼路（Cheyne Row）口了。这是一条僻静的短街，一眼可以望到街尾。面西的一排楼房，都建于十八世纪初年，格式大致相仿：无非是白石红砖砌成的三层楼，拱形的门，狭长的窗子，斜起的屋顶下面是阁楼，上面则竖着烟囱和一排排整齐的通风罩子。临街的矮铁栏内，可以窥见半蔽在街面下的地下室，通常是用来做厨房。我们朝北走去，在一座悬着“卡莱尔故居”长方横牌的屋前停了下来。

眼前这十八世纪的古屋，正是倩尼路二十四号，百年前的旧制则是倩尼路五号。从1834年6月10日到1881年2月5日，也就是说，从迁入的那一天起到逝世的那一天止，左右维多利亚一代文坛的哲学家、史学家兼批评大师卡莱尔，就在这屋里消磨了他后半生的悠悠岁月。

卡莱尔是苏格兰人，与济慈同年诞生，但由于成名颇晚，且又长寿，在文学史上却被划入维多利亚时代，成为十九世纪中叶的核心人物。他漫长的一生可以分为两个阶段，而以1834年迁入这古屋为其分界。前半生他穷困潦倒，默默无闻，一直埋没在苏格兰的故乡。迁来伦敦定居的那年，他已经三十九岁。出版过《席勒传》，译介过德国浪漫文学，因而受知于歌德，又刚刚发表了他的哲学巨著《裁缝新制》（*Sartor Resartus*）。尽管如此，英国的文坛仍然不识卡莱尔其人。先是三十一岁那年，卡莱尔和美丽而多才的珍·威尔希结了婚，两年之后，他们迁去苏格兰的克瑞根普塔克，隐居在一个荒僻的农庄上，一住便是六年。据说好客而又聪慧的卡莱尔夫人，在这一段日子里很不快乐，便怂恿她的丈夫南征伦敦。卡莱尔自己也感到，要为伦敦的刊物撰稿，最好是能和那些编辑经常来往。他们终于告别了故乡，迁来英国的文化之都；而当时，住在相连的上倩尼街的，正是奖掖后进不遗余力的名编辑亨特。搬进倩尼路五号的新居之后，卡莱尔不但生活稳定，而且把住了英国文化生命的脉搏，他的文学事业立刻改观，《法国革命》一出版，他便成名了。

榆瑞按了门铃。一位衣着朴素笑容可亲的中年妇人出来应门，带我们到临街的客厅，向我们收了参观费后，笑说："楼下楼上，随意参观，恕我不奉陪了。"像倩尼路其他的西向楼房一样，卡莱尔的故居也是三楼一阁，地下另有厨房。偌大的一幢房子，屋后还有一个小小的天井和花园，当年卡莱尔付的租金，却是每年三十五镑。卡莱尔和夫人在里面住了那么多年，房东数易其人，房租却始终不变，也可见得维多利亚时代的生活有多安定．比起我在伦敦朋达旅馆每天十八镑的租金，真是隔世之别了。

我和榆瑞从前厅到后厅，又从后厅到毗连后院的瓷器贮藏室，在底层巡礼了一周。客厅相当宽敞，每间约有四百多方英尺，印有花叶的墙纸令四壁在秀雅之中别具温暖之感，典丽的花毡覆盖前后客厅的地板，后客厅的长窗外，园中的树影扶疏可见。当日卡莱尔夫妇搬进来后，雇了三个木匠，在卡莱尔夫人的监督之下，足足扰攘了一个星期，才把这几层楼的内部刮垢磨光，修整一新，卡莱尔和他的夫人都勤于写信，且以书简的文采见称。他们对新居的满足之情，在给亲友的信上充分流露。卡莱尔在给家人的信中说："新居真令人惊喜：这房子十分宽大，空气流动，房间整洁，一切都充足有余。样式的不合时髦是到了极点，但住来舒服适用，也到了极点……我实在当不起这种福气。"卡莱尔夫人定居后不久，在信里这样告诉朋友："诺，我居然来了伦敦，而且在泰晤士河畔新租的屋里若无其事地坐着，真是好妙吧？我们找到的新居真正不凡，格式是极为古色古香，很合我们的脾气；墙上都镶着壁板，雕着花纹，看起来有点古怪，一切都很宽敞，结实，合用，而壁橱之多，尤能令蓝胡子之流感到满足。两星期前，屋子前面还有一排老树，却来了几个神经病的伦敦佬，把它们连根拔走了。屋后有一个花园（姑美其名而已），凌乱不堪，却也有两树葡萄，当令的时候可产葡萄两串，据云‘可食’，更有胡桃一株。我从树上摘下来的胡桃，几乎可值六个便士。”

前餐厅颇富历史的价值。大壁炉前的扶手椅，为卡莱尔夫人所惯坐。亨特来访，她便从椅上站起，迎吻贵宾。以前在大学里读亨特的名句：

> 珍妮吻我当我们见面，
> 从椅上她跳起身来吻我。

总以为珍妮是亨特的什么情人，现在才发现竟是卡莱尔夫人的昵称。卡莱尔夫人很有才气，文笔之美虽不能和她丈夫歌啸跌宕的雄风相侔，却也有她自己的谐趣、灵气，与真情。这样美慧的女主人，本身原就有吸引四方才彦与豪侠的魅力，何况男主人更是名满文坛的大师？于是在夫妻两人的共同朋友之外，她更吸引了自己特有的一群宾客，其中尤为佼佼者，应推意大利的志士马志尼和法国革命家贾维尼亚克。两人都是流亡英国的政治犯，他们那种先忧后乐肩负国难的壮怀热血，最能赢得倩尼路五号女主人的青睐。另一位国破罔依的伤心人，也曾经来她家作客。那便是肖邦。据说前餐厅一角的那架钢琴，便曾经由他有名的十指抚弄。

1865年，前餐厅改装，成为卡莱尔晚年的书房。至于后餐厅，则是卡莱尔夫妇沐着晨曦共进早餐的地方。后来书籍累积愈多，两边壁上也就倚满了书架和书柜。在这间房里，壁炉边的榆木靠背椅，桃花心木的便椅，和置放鸟笼的小圆几，都是她的遗物。前后餐厅的墙上，挂满了大大小小的画像、照片和浮雕，共有四十多件。其中卡莱尔自己的画像和照片当然最多，大致面容清癯，棱角突兀，神情十分严肃，不但眉下目光炯炯，而且鹰隼之下嘴唇紧闭。意志显得非常坚定。卡莱尔早年英俊无须，到了晚年，他便蓄起满腮满颏的须来。世人习见的卡莱尔，是美国画家惠斯勒所绘《卡莱尔像》中的老人。那时卡莱尔已经七十七岁，寂寞鳏居也已六年，图中的老作家侧面而坐，一身黑色大衣，高顶的黑呢帽覆在膝头，右手拄杖，左手压在交叠的股上。此时的卡莱尔须发鬅鬙，神色黯淡，显已垂垂老去。其他人像之中，最引我注意的，是歌德与爱默森。这两位文豪，一位是卡莱尔的前辈，一位是他的晚辈，和他的关系都很密切。歌德的作品传入英国，卡莱尔是最早的译介人之一，卡莱尔的作品传入美国，则是爱默森的首功。经过这位晚辈的宣扬，卡莱尔早年在美国的声誉甚至超过国内，作品的销路也是美国领先。

其实爱默森只比卡莱尔小八岁。他曾经两访卡莱尔：第一次是在苏格兰那幽僻清冷的农庄上，那时爱默森才三十岁，卡莱尔刚发表了他最杰出的论文《论本色》，最重要的哲学大著

《裁缝新制》也甫脱稿，但还不能算已成名。年轻的爱默森却已慧眼独具，觑识他行将领袖文坛的潜力。那时华兹华斯和柯尔律治都已逾花甲，在政治上成为保守分子，浪漫派少壮的一辈，拜伦、雪莱、济慈，均已早夭，而比爱默森更年轻的丁尼生和勃朗宁当然还未成气象；青黄不接的英国文坛，可谓无人。爱默森在卡莱尔对教会、议会、工业社会的猛烈批评里找到了一位先知，感奋之余，便带了经济学家米尔的介绍信，迢迢北征，去苏格兰拜访卡莱尔。做主人的很喜欢这位美国来客，事后在给米尔的复信中说："你介绍的爱默森，在寂静的星期天午后，我们正用膳的时候，乘车来了。这个人真是温和、可嘉、可亲，而又热心，我们真要感谢他那么风趣地解除了我们的寂寞……我真正喜欢此人的一点，便是他的健康，他的怡然自得。"十四年后，爱默森已经成名，在伦敦讲学十分轰动，再访卡莱尔于倩尼街五号。这时卡莱尔当然早成了英国文坛的大师，但他的胃疾和脾气却似乎愈来愈坏。对于爱默森的再度来访，他似乎颇不耐烦。事后他写信给贝灵夫人说："和他对谈，真把我累垮了；他似乎有一条美国佬的倒霉规矩，就是，除了睡觉之外，谈话必须无休无止地进行，真是恐怖的规矩。确是一个心地纯洁而崇高的人，'崇高'而不博大，就像柳树和芦苇那样，从他那儿是采不到什么果实的。一张精致而瘦薄的三角脸，没有牙床也没有嘴唇，只有削弯的鹰钩鼻子；公鸡特有的那种脸：惊天动地的大事不是这种人做的。”

二楼临街的房间，是藏书室兼客厅，来此拜访的宾客，包括狄更斯、萨克瑞、丁尼生、布朗宁、罗斯金、达尔文和马志尼那一群流亡的爱国志士。1881年2月5日清晨八点半钟，卡莱尔便死在这间房里。开始的十年，卡莱尔用这里做书房，他的成名作《法国革命》便完稿于此。该书第一卷的初稿，被米尔借阅，不慎焚毁；当日也就是在这间房里，卡莱尔看着米尔脸色苍白神情惊恐地冲进来，带来令人伤心的噩耗。从1843年起，卡莱尔夫人便将此室改为客厅，不但房间加大，窗户也予以拓宽，壁上也裱以美丽的墙纸。今日室内所陈，多为当年旧物。除了近千册的那一橱藏书之外，我认为最动人怀古之情的，有三件遗物。第一件是那四褶的屏风。1849年，卡莱尔夫人在上面贴满了版画和人物犬马的图片。她死后，卡莱尔思人怜物，倍加珍爱，后来甚至在自己的遗嘱中，把屏风赠给甥女玛丽·艾特金。第二件是圆桌上葫芦形古台灯旁供着的长方木盒，当日卡莱尔新婚，歌德寄赠的贺礼数件便珍存盒中：其中的一件是歌德的五卷诗集，上题“卡莱尔伉俪新婚留念”。第三件是卡莱尔坐读用的绿皮扶手椅。椅极宽大，左边扶手上并装有一具阅读架，书本可以翻开斜置于架上，架也可以作九十度的推移，十分便于学者安坐久读，椅前还放着一个圆形的厚垫子让坐者搁脚。这一张体贴入微的安乐椅，是卡莱尔八秩大庆时约翰·福斯特献赠的贺礼。正如情人应该有一张好床，作家也应该有一张宜于久坐的好椅。我在卡莱尔的安乐古椅上坐了好几分钟，感到十分欣羡。

卡莱尔的胃病是有名的。在爱丁堡大学苦读的时代，他就患上了消化不良症，后来一直苦于此疾，以致时常脾气急躁，情绪不稳，甚至影响到他的文体。论者常说卡莱尔师承歌德，其实卡莱尔坚毅而沉郁的风格，和歌德的清逸倜傥大异其趣。歌德难于了解卡莱尔的精神困境，正如卡莱尔之难于欣赏歌德的风流自喜。歌德出入宫廷，周旋于帝王卿相之间，卡莱尔却无意于迎合当道。卡莱尔暮年觐见维多利亚女皇，女皇以为他会侍立应对，不料卡莱尔倚老，只说了一声对不起，便径自坐了下去。卡莱尔是一位悲观的先知，兰姆的谐趣与怪诞他往往不能欣赏。他在笔记里感叹说："哀哉兰姆，哀哉英国，如此可鄙的畸胎儿竟有天才之名！"我相信福斯特送给卡莱尔的这张扶手椅，是特为一位久患胃疾的老人设计的。

三楼是卡莱尔夫妇的卧室，目前由守屋人居住，不对外开放。再上去，便是阁楼了。卡莱尔既苦于胃疾，又兼寝不安枕，总觉得邻近街坊的杂音太吵，使他难于专心写作。先是有一架钢琴叮咚，继而又有一只鹦鹉在饶舌，最后又是哪家院子里有一群"鬼鸟"在厉鸣磔磔，害得卡莱尔不断换书房逃难。终于在1853年，他痛下决心，在屋顶加盖一间隔音的阁楼——他着匠人特殊设计，屋顶的天窗特别大，临街的长窗特别窄，屋顶的石板瓦和天花板之间隔成一层气漕，天花板和地板上，更装上可以调节的铁条通风窗。阁楼盖好后，卡莱尔欣然搬进新书房去，却发现泰晤士河的水声传来，这间密室竟有扩音的特效，而附近那些“鬼鸟”的磔磔，仍然隔之不绝。尽管如此，他却在这间密室里，为撰写《腓特烈大帝》（*History of Frederick the Great*）的皇皇巨著，前后工作了十二年。1865年，六卷的《腓特烈大帝》全部出版之后，卡莱尔迁回底楼的书房，这间阁楼便改为女仆的卧室了。

榆瑞端详着壁上悬挂的德国历史人物的肖像，和室中陈列的一些遗物，诸如作者的手稿、护照、短简和手杖，等等。我则坐在卡莱尔的写字台前，设想文豪当日，坐在这张椅上，听着泰晤士河东流的波声，时而闭目冥想，时而奋笔疾书的情况。十二年！羽笔都不知写秃了几支？早夭的作家如查特顿（Thomas Chatterton，1752—1770）和济慈，一生创作的岁月，加起来也不过这一半长。要完成这样的巨著，必须时代和作家合作，才能终底于成；如果时代动乱，或是作家命短，就难竟全功了。维多利亚时代太平，文人又多长寿，这样的巨著鸿篇也就不少。卡莱尔动手写《腓特烈大帝》时，年纪已近六十，文名早著，经济无忧，自不必汲汲为稻粱谋，所以才能沉下气来，高楼小阁，一栖便是悠悠一十二载，再下楼来，已成古稀老翁了。不禁想起另一位史学家陈寅恪，后半生流离失所，抗战时期不但营养不良，要门人送奶粉疗饥，就连书写的稿纸也难以为继——比起卡莱尔在这幢华屋里近半世纪的安居长吟，真是令人感叹了。

《腓特烈大帝》全书既出，卡莱尔在学界声誉更隆，就是这一年，他继格拉德斯东之后，被选为他母校爱丁堡大学的校长。这是他一生事业的巅峰。在凯归的心情下，他回到故乡去发表就任演说，却传来噩耗，说卡莱尔夫人病故。老年丧偶，卡莱尔一恸欲绝，从此感伤不振。最后的十五年鳏居，他绝少写作，只是读书自娱，或是接见四方来访“齐而西圣人”的宾客。七十九岁那年，他接受了俾斯麦颁赠的普鲁士大成勋章，却拒绝了英相狄斯累利封他的从男爵号。卡莱尔死后，并未埋于西敏寺，国人从他遗愿，埋他在故乡艾克里费城（Eccle-fechan）。

两人饱览了近三小时，在“齐而西圣人”偌大的故宅里，更未遇见第三位朝圣的香客。十九世纪的沉默包围着我们，除了自己的蹬音，也未闻当日圣人畏闻的琴声、禽声。两人从楼梯上下来，榆瑞说：“我就料到不会有什么游客，所以特别带你来，可以从容低回——”

“真是太好了！是要这么沉思冥想，叹凤伤麟，才能进入情况，恍若与古人踵武相接。不像前天去参观狄更斯的故居——”

“那可是挤！”榆瑞举眉睁眼，戏作惊愕之状。

“可不是，三辆游览车停在门外，游客列队而入，接踵而出，人多口杂，不到半个钟头，已经催着上车，说，不然就错过下一个节目了。因为游客太多。狄更斯馆里的一几一椅都有围绳拦护，只觉得一切都有距离，既紧张，又拘束。想象没有回旋的余地，很难投入狄更斯的世界里去。所谓游客，大概是世界上最讨厌的东西了。本地人血汗的现实里，偏有一批批游客来寻梦，东张西望，乱拍照片，不知所云。游客呼啸过处，风景蒙羞，文化跌价。千古兴亡不付给渔樵却付给哓哓的向导。”

“你自己不也是一个游客？”榆瑞笑道。

“所以觉得自己也讨厌。英国这地方，应该住下来慢慢咀嚼。一座西敏古寺，两小时要一览无余，简直是开玩笑。”

在西敏寺的诗人之隅，卡莱尔并没有塑像，只有一块平面的地碑，位置并不显眼，且为排椅所蔽。卡莱尔生前享名之盛，影响之广，俨然伦敦文坛的盟主，如今他的声誉不再像百年前那样显赫，汗牛充栋的巨著也少人阅读。卡莱尔和狄更斯并为维多利亚时代的文豪；卡莱尔长十七岁，可称前辈，狄更斯的小说《艰难岁月》便是献给这位先驱的。百年之后，狄更斯的故居游客摩肩，卡莱尔的旧址却香火冷落，对照一何鲜明。

卡莱尔是历史家也是传记家，他在《英雄与英雄崇拜》里曾说：“世界史不过是伟人合传。”傅斯年称为“滑稽之雄”的萧伯纳，深受卡莱尔的启发。卡莱尔阴郁的警告，到萧伯纳笔下成了嬉笑怒骂；卡莱尔的英雄，萧伯纳笔下叫作超人。狄更斯是小说家，他写的大半是中下层社会的匹夫匹妇，但是虚构的小说却似乎比实传的历史更为真实，更接近人性，更垂之永久。卡莱尔在十九世纪中叶的英国，扮演的是告警报忧的先知，捧着那时代一颗不安的良心，对于重量而不重质的工业文明和议会政制，对于机械的压倒人性、宗教的流于形式，等等，无不猛施攻击。在政治上，他是一位富于贵族气质的激进分子，一方面不信任纭纭黔首，另一方面又不屑趋附当道。他对于人民的福利极为关心，但认为拯救之道不在人人争取权利，而在人人尽到责任。这当然是一种理想主义，很难见容于锱铢必较的工业社会。卡莱尔那种一士谔谔、独排众议的胆识，在当时固然折服了多少才彦，但他载道的方式，是《圣经》旧约里先知的大声疾呼，当头棒喝。他曾经批评同代的另一位历史家麦可利说："麦可利偶尔一读亦无妨，但谁也不愿住在尼亚加拉大瀑布之下。"话固说得俏皮，但是也可以反施于卡莱尔自身。下面是卡莱尔典型的啸吟文体：

英勇的海上船长，北方的海上王哥伦布，我的英雄啊，忠诚的大海王！你面临的不是顺境，在这荒凉的深海：你的四周是受挫的舟子在哗变，后面是羞辱与毁灭，前面是看不透的海之面纱。

英国现代作家克勒敦·布洛克对这段的评语是："如果一位作

家长期使用这样的风格，就像一个人声嘶力竭在说话，终使我们感到疲倦。”卡莱尔雄劲突兀的笔锋，当然也不尽如此，不过他确是以诗为文，以文为史，可谓史家中之散文诗人。

下得楼来，榆瑞和我又轻推通道的纱门，步入屋后的花园。约莫五十多坪的面积，比起榆瑞寓所的后院，只得一半大小的光景，但也足够一代文豪行吟流连的了。花园实分两部。近屋的一边是石板铺砌的天井，卡莱尔生前常爱来这里坐读；盛夏的日子，他会搬一张小书桌，到凉翠的树荫里去写作。远屋的一边有石板路相通，草地和树木修护得十分整洁，可惜天旱，无缘目饫芳草的鲜碧。除了卡莱尔夫人给朋友信中提到的葡萄和胡桃，还有樱桃、山楂、茉莉、薄荷、紫丁香之属。园中原有两张瓷凳子，现在只剩一张，卡莱尔却爱搬一张厨房的椅子来坐。文豪的弟弟从苏格兰送来一把镰刀，他便用来刈草芟藤，然后挂在那樱桃树上。樱桃虽然丰收，群雀却先来偷尝。卡莱尔生前很喜欢这园子，常常亲自来修护。他在信里说：“我可以像从前（在家乡）那样，便装草帽，在园中徘徊。安安静静抽我的烟斗……我买了三株果树，栽在这一方可怜的多烟的花园里；那些老果树已是150年前某位善人的功德，不是死了，便是需要拔除：只剩下一树梨一树樱桃，似乎是今年水果收成的唯一指望了。或许下一代有位可怜的馋嘴伦敦佬，会比我收成好些。”

先知的预言似乎是落空了。我所见到的英国，不但丰收无着，连绿油油的芳草也枯黄欲萎了。“一老人在干旱的月份，等待下雨”，艾略特的音调在心里响起。甘霖在何处呢？这民族最后的一位英雄，衔着雪茄，已经像先知一样，“与洪荒的巨人长眠在一起”。只留下一位白发的老孀，在荒旱的岁月，拍卖那英雄的颜色维生。

我们走上街去。倩尼路二十四号的大门关上，厚沉沉地，像阖上维多利亚那时代，黑封面的一部巨书。堤外只有泰晤士河还流着，那波声，不知是诉说时间，还是永恒。

一九七七年三月十八日追记

泰山一宿

四月二日我在山东大学对五百多位师生演讲，是这样开始的："访问山东，对我来说，实在是一程文化甘旅。能站在黄河与泰山之间，对齐鲁的精英，广义上也是孔丘与孔明的后人，诉说我对于中文的孺慕与经营，真是莫大的荣幸。"

三天之后，正逢清明，我终于登上了泰山。

能登泰山，总是令人兴奋的，不是因为它海拔之高，而是因为它地位之高，也不是因为它磅礴之广，而是为了它名气之大。

东岳泰山，论体魄之魁梧，在五岳之中只能算第三，一千五百二十四米的海拔，不过略胜中岳与南岳。即使未列五岳的黄山，也高它三百多米。不过山能成名，除了身高之外，还要靠历史、神话、传说等来引发想象、烘托气氛，才能赋风景以灵性，通地理于人文。所以刘禹锡说："山不在高，有仙则名。"例如欧洲第一高峰，高加索山脉的厄尔布鲁士峰（Mt. Elbruz），高达五千六百四十二米；西欧的尖顶，白峰（Mont

Blanc)，海拔也四千八百零七米；都比希腊的奥林匹斯山（Mt. Olympus，二千九百十七米）高出许多，可是奥林匹斯，众神的家乡，宙斯的宫廷，却更加动人遐想。

所谓华北大平原，东面止于沧海，其他的三面从燕山到太行山，从桐柏山、大别山、黄山到天目山，众岳如屏，连成了千里的陆障，中间几乎全是平野，任凭远来的长江大河悠悠入海。几乎全是，除了泰山。似乎有意腾出一整幅空旷，来陪衬这东岳的孤高，唯我独尊，像纸镇一样镇压着齐鲁。又像是一块隆而且重的玉玺，隆重地盖在后土之上，为了印证她是所有帝王的版图：所有帝王，不仅是秦皇与汉武。

《史记》引管子的《封禅篇》说古来上泰山封禅的帝王，有迹可见者凡七十二位，其后陆续封禅者，从秦始皇、汉武帝、唐玄宗一直到康熙、乾隆，更相承不衰。封，是筑土以祭天，禅，是扫地以祭地。凡是自认“受命于天”的帝王，都觉得有必要郑重其事地来登这显赫的地标祭告天地，宣示他正统的权威。

泰山为五岳之尊，因为它是东岳。易经以震卦代表东方，《说卦》指出：“万物出乎震。震，东方也。”东方是太阳所出，春天所由，自然是万物所生，功同造物。又指出：“震一索而得男，故谓之长男。”至于南方的离只得中女，西方的兑只得少女，北方的坎也只得中男，所以泰山成为众岳之长，峰顶刻立“五岳独尊”的石碑。

在中国哲学里泰山占了如此的优势，难怪历代帝王都要东巡来此，祭祀天地，所以泰山也成了政权继承的阳刚图腾。政教相辅，儒家和道家的宗教景观相互辉映，从山下的泰安城一路攀登到山顶。从平地的神府岱庙到山顶的碧霞祠、青帝宫、玉皇庙，多为道观，但中途的普照寺、斗母宫却是佛寺，而红门宫则释道合一，并祀弥勒佛与碧霞元君。至于儒家文化，则登山起步不久就有坊门巍巍，纪念孔子当年登临故事，到了玉皇顶前又有孔庙。

峨峨岱宗，中华历史、宗教、文化的一大载体，不愧为人文气象最恢宏的名山。而载体的本身，众山罗拜，群峰簇拥，阴阳一割，神秀独钟，更为人文的价值提供了宏观壮丽的场景。就像一座纪念堂，鬼斧神工，本身已经是美的一大存在，更无论它所珍藏的纪念品了。泰山正是如此：几千万年以前，伊神之力，把燕山一推，又把喜马拉雅山一挤，就捏出了皱成这么一大堆的岱宗，至今历齐鲁四百里方圆，青犹未了。几千年前，伊人之功，把泰山之石切割成形，有的立坊，有的盖庙，有的铺路，有的造桥，更幸运的一些就刻成历代的碑文，或篆或隶，或行或草，人怕忘记的，都交给顽石去深刻保存，风霜去恣意摧毁。

泰山地位如此崇高，经过历代名士题咏，名气更加响亮，甚至常见于成语，成了崇高、重大、安稳的象征。占了地利，儒家的至圣与亚圣每当用喻，辄就近取材，你一句“登泰山而小天下”，我一句“挟泰山而超北海”，就把自己的“家山”愈炒愈热。最有趣的是李斯，在《谏逐客书》中对秦王如此进言：“泰山不让土壤，故能成其大；河海不择细流，故能就其深。”李斯是楚人，举高山为喻却推齐鲁的泰山。他当然不便推举楚山，但对秦王上书，却也不举华山，甚至境内更高的终南山或太白山。那时秦王尚未一统天下，东巡泰山，不过前代的帝王从伏羲、神农一直历尧舜而禹汤，传说都封过泰山，已成传统。李斯不说泰山高，而说其大，乃强调其“博大有容”。

古人要登泰山，是一件大事，不但费力，而且费时。若是天子登山封禅，那排场就大了。马第伯的《封禅仪记》述后汉光武帝于建武三十二年车驾东巡，正月二十八日从洛阳出发，二月九日才到曲阜。两天后抵泰安，派了一千五百人上山修路，再过三天，天子、诸王、诸侯及百官才斋戒。次晨正式登山，山道峻险，不时要牵马步行，上行二十里才到中途，更得留下马匹，辛苦攀登。陡径窄处，两边石壁相隔只五六尺。早餐后起步，下午五点多才抵天门。

这是公元五十六年的盛典。一千七百多年后，乾隆三十九年十二月二十八日，也是隆冬之际，姚鼐在泰安知府朱孝纯陪同下，由南麓登岱。事后他在《登泰山记》里说：“四十五里，道皆砌石为蹬，其级七千有余。”这情况比汉代已方便不少，跟今日的条件接近了。

不过姚夫子走的是泰山西路，沿西溪即今黄西河的山径，过凤凰岭山脊到中天门，再左转登峰造极。今日的登山者多从岱宗坊起步，一路循着泰山中路，经红门宫、斗母宫、柏洞而达中天门，再与西路会合，经五松亭、十八盘而抵南天门，玉皇顶便在望了。

如果由中路徒步上山，岱庙到玉皇顶的垂直海拔虽为一千五百四十五米，实际爬坡的脚程却有九千米，即九公里。常人要步完全程，得跨六千六百六十级蹬道，约需六个小时。

我登泰山，既非踵武姚鼐之西路，也非效法国彬之正途，而是避重就轻，半途起步，简直愧对东岳之神。这恐怕要怪山东大学校方低估了我的“健步”，安排行程，到半下午才开始登山。四月五日，正是清明节当天，山大外事处的夏建辉先生与中文系的孙基林教授陪着我存、幼珊与我，上午参观过孟庙，便从邹城北上，中午在泰安接受了山东科技大学的午宴，餐后又去岱庙巡礼，一直到下午三点，才左盘右旋，沿着黄西河一路乘车上山，直达中天门。

中天门海拔逼近千米，坡道已过了五公里半，早已超越半途了。下得车来，凛冽的山风就撞了个满怀，寒意直袭两肘，像山神喝一声口令，警告你，东岳的地段到了。不由你不倒抽一口冷气，周身的汗毛警戒了起来。

再往上就没有车道了，背包和提袋必须随身携带。五个人就又背又拎地踏着黄土，向西侧的凤凰岭走去，不久就到了索道起站，索道建于一九八三年，连接中天门与南天门，全长二千零七十八米，垂直距离六百零三米，单程只需八分钟。由于运客是往复方式，车厢到站只是减缓，并不停定，乘客上车必须敏捷，所以会紧张失笑。

刚刚坐定，笑声还未停，车厢忽然凌空而起。五人齐发低抑的惊呼，有一起从悬崖跳水的幻觉。那么大一整座山岳，横岭侧峰，忽然从我们脚下给抽走，无依无凭，我们竟白日升天，乘在同一片云上，要飞到，咦，哪里去呢？透明的立方云阁外，由于琉璃的长窗紧闭，隐隐只传来天风呼啸，似乎大块在暗暗转轴，此外，群峰都寂寂，不像有什么异样。不过做八分钟的仙人罢了，本来值不得大惊小怪。于是一切都置之度外了，不觉得是飞着，倒像是在浮游嬉戏，带笑相看，都感到幸福非凡。可怕的秦始皇啊，蜂眼眈眈，当年远途跋涉来登山，如果能看到我们此刻的逍遥，又何苦去蓬莱求仙求药呢。这么想着，上面那翘首天外的月观峰，原本只让我们仰窥其下颌的，竟已朝我们转过脸来。那许多傲然的山头，大大小小，都转过了脸，低下了头来。索道到站了。

返仙为凡，再下车时，天风迎面掴来，高处果然寒不可胜，比刚才的中天门显然又低了几度，只有七八度的感觉。加上天阴风劲，东岳果然不可儿戏，大家纷纷加衣，我在厚袄外面更戴上呢帽、围巾，披上大衣，顶风前进，仍觉寒意袭脊，呼吸紧张。

淡赭带灰的城楼侧影，鸱尾隐隐，南天门近了。这里是中天门仰攀的目标，有名的十八盘天梯到了顶级，汗尽的山客到此才苦尽甘来，可以回头一笑了。比起十八盘严苛的折磨来，此去玉皇顶的登天坡道几乎像坦途了。我们的五人行，避重讨巧，以八分钟的逍遥游代替了八十分钟的鲁道难，似乎是聪明之举，但平白放过了机会，未能徒步登山，向东岳致敬，却不甘心。

过了南天门便是天街，游客便多了。靠山的一边是旅馆与商店，人气显得颇旺，不下于城里的闹街。但山壁下面却是众峰簇拥，涧谷深幽，地老天荒的一片沉寂，偶尔几声鸟叫，填不满万古的空山。向晚的荫翳已有些暮意，云正从谷间层层升起。两百多年前，姚鼐在游记里曾说，泰山土少而石多，石状少圆而多方，石色苍黑；又说树多为松，生于石罅，其顶皆平。今日的东岳仍然如此，南天门一带的花岗巨岩，层层相叠，灰褐之中透着锈赭，倒像是一位喜欢整齐的山神堆积木一般地理过。山东此行，在千佛山与灵岩寺所见也如此，灵岩寺后的石山高耸而方正，俨然像一座城堡，令人过目不忘。

但此刻令我们注目的，却不是山，而是人。踏在岱宗魁伟的肩上，俯瞰只见群山朝岳，磊磊错杂着嶙嶙的背后仍然是峥峥，郁郁苍苍，历齐鲁而未了，而收拾不了。不识法相，只缘身在佛头的颏下。登临到此，果真就能把世界看小吗？反倒是愈看愈多，愈多愈纷繁，脚下凭空多出一整盘山岳：我们算什么呢，竟敢僭用这么高的“看台”、这么博大的“立场”？

反倒是这天街上迎面走下坡来的人里，似乎有不少军人，一时只觉得满目苍苍，都是又长又厚的军用大衣，一片草绿的底色上闪耀着金色的排钮，披着深棕色的翻领，令人幻觉这高处像有个兵营。难道泰山顶上是什么边关要塞吗？

“哪来这许多解放军呢？”我转身向扁圆贝瑞黑帽下瑟缩的我存，带着些微惊疑说道。

“我也觉得奇怪。”她说。

“平地好暖，山上却这么冷！”紧裹在火红风衣里的幼珊，顶着削面的天风诉道。

在前面领路的建辉与基林，这时走了过来，把她们手上的提袋接去。

“没问题吧？”建辉笑笑打量热带远来的三个山客。他身材健硕，无畏风寒，甚至把大衣挂在臂上，备而不用，俨然余温可贾。他见基林没带大衣，便要借衣给基林。基林虽然脸给吹得通红，却表示没有必要。

“已经到了，”基林说着，一面为我们指点。“右手这一座是碧霞祠，上面，便是我们今晚住的神憩宾馆。”

从月观峰过南天门，再踏陡斜的磴道到玉皇顶，不过七百五十二级，可是地藏菩萨在下面扯后腿，凛凛天风在上面呼应，却也脚酸了，到后来，每提一步，就像要跨高高的门槛。

回顾来路，已经半陷在暮霭里。并不觉得自己终于修成了神仙，却需要好好休憩一夜了。

临睡前建辉提醒大家：要看日出，五点整就得起身。

入夜后气温更低，但十点一到，旅馆就把暖气关了，也没有热水可用。我存和幼珊母女平常就惯于早睡，这时也顾不了厚被褥有多阴湿，就专心一志上了床，去追求冷梦了。

我却有些不甘。夜宿泰山，竟然在这高贵的绝顶抛下了一整座空山的仙人与古人、传说与轶事，那许多飞瀑、奔溪、盘道、绝壁，绝壁上危攀不坠的蟠蟠孤松，抛下了满山满谷的顽石、灵石，石上刻画的成语、名句、隆重其词的纪铭，只为了早睡早起，去看一眼未必能睹的日出？

我戴帽披衣，推门而出，把自己交给泰山的春夜。呼喝的天风迫不及待把我接了过去，除此之外，四周的夜色一片岑寂。神憩宾馆前的旗杆上，只有长索在风中拍打着高杆，杆顶的天空飘着阴云，时疏时密，一轮未满的冷月出没其间，半明不昧的有一点诡异。这才记起今夕何夕，竟是清明之夕。一念既动，又加风紧，徘徊了不久，就回去睡了。

但也睡不了多久，五点不到又再起床。对房的建辉与基枢也起来了。大家都在衣橱里找到了那草绿色的军大衣，穿上了身。原来那是旅馆的标准配备，因为山顶比人间总是要低七八度，尤其是十二月到翌年三月，山上的气温恒在零下。现在虽已四月，山顶也只有六度，比下面的泰安市足足低了八度。

众人戎装相对，怪异加上臃肿，互相指笑了一阵。连昨天逞勇的建辉与基林也都武装了起来，足见凌晨的酷寒不可儿戏。更糟的是建辉的苦笑，说外面已下雨了。

果然劲风策细雨而来，凌晨的寒湿里，早有人影走动。不久山脊上的拜日族愈聚愈多，人声呶呶起落，向东边的日观峰蜿蜒而行。天地间唯我们在蠕蠕爬行，只为及时去朝拜东海的日出。天色幽昧，像罩在半球暗紫的大蛋壳之内，苦待太阳的血胎娠满，啄壳而出。

清明节日出，应为五点三刻。才五点半，拱北石四周早攀满了人影，大半是成双或呼群而来，有些登上危岩向东窥望，有些踱来踱去，有些则镁光闪闪，照起相来，但大家心里都在奢望，从茫茫的雨雾深处，从蓬莱仙岛的方向，徐福带六千童男女一去不返的烟波里，比一切传说更古老一切预测更新的，那太阳，照过秦皇与汉武汉光武，照过唐玄宗与清圣祖，还有处处不放过题诗也算是一种不朽吧。那乾隆，奢望它此刻能排开一重重传说一页页历史，用它火烫的赤金标枪射我们苦盼的眼瞳，给我们永生。因为人上人下，千古兴亡，此刻正轮到我们在岳顶见证永恒，见证刹那的永恒。因为此刻该我们来小天下。

雨虽停了，天也晓了，却未破晓。暗紫色的诡秘天帷转成了灰漾漾的雨云，除了近处的玉皇庙瓦顶俨然还盘踞在天柱峰头，远山深壑都只有迷茫的轮廓，也不闻鸟声、泉声。登泰山而小天下乎？不但看不到日出，也看不见天下，连泰山也几乎看不见了。

“孔夫子的豪语变成了空头支票。”我只能苦笑。

“我以前来过，也没见日出。”基林说。

“我也没见到，”建辉以地主的口气安慰我们。“泰山山高雾重，看日出得碰运气。”

“泰山日出没看成，黄河总看得到吧？”我说。

“那当然，黄河跑不掉的，”建辉笑起来。“最后一天会带你们去看黄河。”

拜日族渐渐散了，我们的五人行也就走回旅馆，准备下山。

基林转头安慰我存与幼珊：“日出虽然没看成，山顶的题字刻石还是值得一看的，尤其是一千两百年前唐玄宗的《纪泰山铭》，不但碑高、文长，而且书法遒劲，是隶书的珍品。”

我们站在几近四层楼高的《纪泰山铭》下，仰瞻这盛唐盛世的宏文，直到气促颈酸，有点像蚂蚁读大字典般吃力。严整的成排金字在花岗绝壁上闪着辉煌，说的是开元十四年的事。那一年杜甫才十四岁，杨家的女儿还没有长成，《长恨歌》的作者还没有生呢，谁料到渔阳的鼙鼓会动地而来？

我把这感想告诉基林与建辉。

“渔阳鼙鼓还早着呢，那时唐朝还稳如泰山。”建辉说得大家都笑了。

“这满山的碑文、对联、题字，多得像一本字典，简直读得人眼花缭乱——”我存叹道。

“可是乾隆皇帝还没题过瘾呢，”我说。“你要是看到有趣的，怕记不住，就拍下来呀。”

“刚才经过的一块大石头，刻了‘丈人峰’三个字，好像跟泰山有关系的，”幼珊说。“可是记不得了。”

“好像跟唐玄宗也有关系。”基林说。

“不错，是有关系，”我说着，取出袋里的一本泰山手册，翻了一下。“典出《酉阳杂俎》，说是开元十三年，也就是《纪泰山铭》的前一年，玄宗封禅泰山，把三品以下的官都升了一级。封禅使张说却把自己的女婿郑镒从九品径升到五品。玄宗见郑镒穿了大红官服，趾高气扬，怪而问之。郑镒答不出来。伶人黄幡绰在旁代答说：‘此泰山之力也。’其实伶人所指是郑的岳父张说。后人称岳父、岳母为泰山、泰水，或即由此而来。至于岳父之称，也是由于泰山乃五岳之尊。当时这位封禅使张说能诗擅文，是中宗、睿宗、玄宗的三朝贤臣；玄宗封禅泰山，就是纳张说的倡议，事后更升他为尚书右丞相兼中书令，又命他撰写《封禅坛颂》，刻于泰山，也就是我们头顶这篇《纪泰山铭》的宏文了。”

二〇〇一年

黄河一掬

厢型车终于在大坝上停定，大家陆续跳下车来。还未及看清河水的流势，脸上忽感微微刺麻，风沙早已刷过来了。没遮没拦的长风挟着细沙，像一阵小规模的沙尘暴，在华北大平原上卷地刮来，不冷，但是挺欺负人，使胸臆发紧。我存和幼珊都把自己裹得密密实实，火红的风衣牵动了荒旷的河景。我也戴着扁呢帽，把绒袄的拉链直拉到喉核。一行八九个人，跟着永波、建辉、周晖，向大坝下面的河岸走去。

这是临别济南的前一天上午，山东大学安排我们去看黄河。车沿着二环东路一直驶来，做主人的见我神情热切，问题不绝，不愿扫客人的兴，也不想纵容我期待太奢，只平实地回答，最后补了一句："水色有点浑，水势倒还不小。不过去年断流了一百多天，不会太壮观。"

这些话我也听说过，心里已有准备。现在当场便见分晓，再提警告，就像孩子回家，已到门口，却听邻人说，这些年你妈妈病了，瘦了，几乎要认不得了，总还是难受的。

天高地迥，河景完全敞开，触目空廓而寂寥，几乎什么也没有。河面不算很阔，最多五百米吧，可是两岸的沙地都很宽坦，平面就延伸得倍加旷远，似乎再也钩不到边。昊天和洪水的接缝处，一线苍苍像是麦田，后面像是新造的白杨树林。此外，除了漠漠的天穹，下面是无边无际无可奈何的低调土黄，河水是土黄里带一点赭，调得不很匀称，沙地是稻草黄带一点灰，泥多则暗，沙多则浅，上面是浅黄或发白的枯草。

“河面怎么不很规则？”我转问建辉。

“黄河从西边来，”建辉说，“到这里朝北一个大转弯。”

这才看出，黄浪滔滔，远来的这条浑龙一扭腰身，转出了一个大锐角，对岸变成了一个半岛，岛尖正对着我们。回头再望此岸的堤坝，已经落在远处，像瓦灰色的一长段城垣。更远处，在对岸的一线青意后面，隆起一脉山影，状如压瘪了的英文大写字母M，又像半浮在水面的象背。那形状我一眼就认出来了，无须向陪我的主人求证。我指给我存看。

“你确定是鹊山吗？”我存将信将疑。

“当然是的，”我笑道，“正是赵孟頫的名画《鹊华秋色》里，左边的那座鹊山。曾繁仁校长带我们去淄博，出济南不久，高速公路右边先出现华山，尖得像一座翠绿的金字塔，接着再出现的就是鹊山。一刚一柔，无端端在平地耸起，令人难忘。从淄博回来，又出现在左边，可惜不能停下来细看。”

周晖走过来，证实了我的指认。

“徐志摩那年空难，”我又说，“飞机叫济南号，果然在济南附近出事，太巧合了。不过撞的不是泰山，是开山，在党家庄。你们知道在哪里吗？”

“我倒不清楚。”建辉说。

我指着远处的鹊山说：“就在鹊山的背后。”又回头对建辉说：“这里离河水还是太远，再走近些好吗？我想摸一下河水。”

于是永波和建辉领路，沿着一大片麦苗田，带着众人在泥泞的窄埂上，一脚高一脚低，向最低的近水处走去。终于够低了，也够近了，但沙泥也更湿软。我虚踩在浮土和枯草上，就探身要去摸水，大家在背后叫小心。岌岌加上翼翼，我的手终于半伸进黄河。

一刹那，我的热血触到了黄河的体温，凉凉的，令人兴奋。古老的黄河，从史前的洪荒里已经失踪的星宿海里四千六百里，绕河套、撞龙门、过英雄进进出出的潼关一路朝山东奔来，从斛律金的牧歌李白的乐府里日夜流来，你饮过多少英雄的血难民的泪，改过多少次道啊发过多少次泛涝，二十四史，哪一页没有你浊浪的回声？几曾见天下太平啊让河水终于澄清？流到我手边你已经奔波了几亿年了，那么长的生命我不过触到你一息的脉搏。无论我握得有多紧你都会从我的拳里挣脱。就算如此吧，这一瞬我已经等了七十几年了，绝对值得。不到黄河心不死，到了黄河又如何？又如何呢？至少我指隙曾流过黄河。

至少我已经拜过了黄河，黄河也终于亲认过我。在诗里文里我高呼低唤他不知多少遍，在山大演讲时我朗诵那首《民歌》，等到第二遍，五百听众就齐声来和我：

传说北方有一首民歌
只有黄河的肺活量能歌唱
从青海到黄海
风　也听见
沙　也听见

我高呼一声“风”，五百张口的肺活量忽然爆发，合力应一声“也听见”。我再呼“沙”，五百管喉再合应一声“也听见”。全场就在热血的呼应中结束。

华夏子孙对黄河的感情，正如胎记一般地不可磨灭。流沙河写信告诉我，他坐火车过黄河读我的《黄河》一诗，十分感动，奇怪我没见过黄河怎么写得出来。其实这是胎里带来的，从《诗经》到刘鹗，哪一句不是黄河奶出来的？黄河断流，就等于中国断奶。山大副校长徐显明在席间痛陈国情，说他每次过黄河大桥都不禁要流泪。这话简直有《世说新语》的慷慨，我完全懂得。龚自珍《己亥杂诗》不也说过么：

亦是今生未曾有，

满襟清泪渡黄河。

他的情人灵箫怕龚自珍耽于儿女情长，甚至用黄河来激励须眉：

为恐刘郎英气尽，

卷帘梳洗望黄河。

想到这里，我从衣袋里掏出一张自己的名片，对着滚滚东去的黄河低头默祷了一阵，右手一扬，雪白的名片一番飘舞，就被起伏的浪头接去了。大家齐望着我，似乎不觉得这佞妄的一投有何不妥，反而纵容地赞许笑呼。我存和幼珊也相继来水边探求黄河的浸礼。看到女儿认真地伸手入河，想起她那么大了做爸爸的才有机会带她来认河，想当年做爸爸的告别这一片后土只有她今日一半的年纪，我的眼睛就湿了。

回到车上，大家忙着拭去鞋底的湿泥。我默默，只觉得不忍。翌晨山大的友人去机场送别，我就穿着泥鞋登机。回到高雄，我才把干土刮尽，珍藏在一只名片盒里。从此每到深夜，书房里就传出隐隐的水声。

二〇〇一年七月

西湖怀古

接受了浙江大学的邀请，在清明节前六天由高雄直飞杭州，开始一周的访问。联络人是浙大传媒与国际文化学院的江弱水教授。早在二十世纪八十年代末期，弱水就以卞之琳先生弟子的身份和我通信，后来我又参加过他的博士论文评审。他写诗，也娴于诗学，有《古典诗的现代性》与《中西同步与位移》两书，可以印证其博涉与圆览。非但如此，他的小品文也写得风趣生动。去年五月他来台学术访问两月，事后出版了随笔集《陆客台湾》，对此行所见的世情与人物，正叙侧写，均有可观。

浙江大学的邀请，我很快就接受了，原因是多重的。首先，联络人是弱水，此行一定会妥善安排，他的品位我当然放心。其次，我上回去杭州，是在二〇〇四年五月，先在同济和复旦两校演讲，然后由喻大翔教授陪我们夫妻去游杭州，那头也由弱水接待。不过比这一切更早的，是小时候住在南京，就曾随父母来过这风雅的钱塘古都。那时我究竟几岁，已不记得，倒是后来常听父母提起，总之这件事久成我孺慕的一幕。

但是我去杭州，另有一个动机，就是成全吾妻我存的寻根之旅。我存的父亲范赉先生，也就是我从未见面的岳父，在抗日战争爆发的第三年春天，因肺疾殁于四川的乐山。时为一九三九年三月二十八日，他才三十九岁，留下哀伤而无助的三个女人，我存的外婆、母亲与八岁的我存，去面对不知该如何应变的国破家亡。后来的情形，只有在我存和她母亲的零星回忆和当年仅存的一本相簿里去拼凑梗概：她的父亲籍贯江苏武进，南京东南大学毕业，留学法国，回国后在浙大任教，抗战初期带家人一路逃难去大后方，终因肺病恶化而滞于乐山。

一九九六年十一月，我去四川大学访问，事后与我存专程南下乐山，凭着当年葬后留下的两张地图，想去按图索墓。毕竟时隔半个多世纪了，"再回头已百年身"，物是人非么，不但人非，抑且物非了，瞻峨门外，大渡河边，整座胡家山上早已变得沧桑难认，哪里找得到那个孤坟？

但是回过头来，浙江大学幸而犹在，不但犹在，而且校誉更隆，全国排名，长在前列。趁我前去访问，一定会发现可贵的资料，可助拼图。此意向弱水提出，他说那是当然。

三月三十日的黄昏，弱水在萧山机场接机，把我们安置在西湖北山路的"新新饭店"。七年前我们也是下榻这里，但这回住的却是别馆的"秋水山庄"，即二十世纪三十年代著名报人史量才为爱妻沈秋水所筑的别墅。夜色苍茫，宽大的阳台上只见隔水的长堤，柳影不绝，灯光如练。我们果然置身杭州了。

次晨弱水和他的太太杨岭来带我们去游湖。这才发现，昨夜所见的柳堤原来是白堤，而所隔的烟水只是北里湖，还不是西湖的主湖。四人沿着北山路东行，弱水背湖仰面，为我们指点山上矗立的保俶塔。终于去到白堤东端的断桥残雪，弱水说，相传《白蛇传》中许仙就是在这里邂逅了白娘子。桥上有一木亭，匾书“云水光中”，十多年前简锦松游湖，见题词含有我名，曾摄影相赠。那天游客不少，更多晨练的市民，就在亭前相拥起舞，一片太平盛世气象。不知当年父母带我来游，是否也这般旖旎风光。杭州人得天独厚，传统特长，一道堤上有多少故事，一声橹里有多少兴亡，真令我不胜艳羡。去夏我和家人游佛罗伦萨，也不胜低回，但是杭州的风流儒雅，似乎更令我神往。苏堤与白堤，岳飞墓与秋瑾墓，灵隐寺与香积寺，雷峰塔与六和塔，这一切牵人心肠的地标，甚至是引人梦游的坐标，又何逊于佛罗伦萨与威尼斯？

正是春分已过，清明待来，柳曳翠烟，桃绽绛霞，令人不由想起袁宏道赞叹的“断桥至苏公堤一带，绿烟红雾，弥漫二十余里。歌吹为风，粉汗如雨，罗纨之盛，多于堤畔之草，艳冶极矣”！那天春晴料峭，日色淡薄，白堤上游人虽多，却无什么歌吹，近午时倒是令人有些出汗。天上不时可见老鹰盘旋，游人却不怎么在意，后来越飞越低，才发现是有人在堤上收线，原来竟是风筝。于是彩蝶翩翩，也会降落到女孩子手上来，我也接到一只，只有巴掌大小，竟能曼舞湖上的风云。这季节西湖的风势正好放风筝，否则不可能这样收放自如。

弱水说："走累了吧，不如上船。"四人便上了一条白帆布棚遮顶的游船，相对而坐，游起湖来。船夫兴致很好，带有本地乡音的普通话也斯文亲切。记得他只是撑篙，并不摇桨，过了张岱的湖心亭，过了诗心禅意的三潭印月，把我们放在小瀛洲浒。小船再来接渡，就把我们撑回堤上去了。

这就是我三月底的杭州之行：西湖之缘虽得以续，也只能浅尝即止，步堤倚舷，不满一天。湖上风平浪静，岸上岁月悠悠，我的深心却不得安宁。那么长远的记忆啊，民族的，家族的，童年的，悲壮的，倜傥的，缠绵的，方寸的此心怎么容得下理得清呢？湖边一宿，别说杭州通判的"水光潋滟晴方好"了，就鉴湖女侠的一句"秋风秋雨愁煞人"，都令我客欢难安。

当天晚上，我在浙大紫金港校区的蒙民伟国际会议中心演讲，题目是《美感经验之互通——灵感从何而来》。我用不少投影来印证，讲了一个多小时。开场白就以我与杭州和浙大的因缘切入，说明小时候就随父母来过此城，又说不但杭州是我存的出生地，而且浙大是我岳父任教的学府。六百多师生报以热烈掌声。由于听众太挤，向隅的百多位只能另辟一室以屏幕听取。所以我事先还特别去另室致意一番。

我的讲座是以“东方论坛”的名义举行，并由罗卫东副校长主持，胡志毅教授介绍。讲前有一简短仪式，把客座教授的聘书颁赠给我。这么一来，我不是有幸成为岳父范赉教授的同仁了吗？

更高兴的，是浙大事先已搜到有关我岳父的资料，也在那场合一并相赠。我存的寻根之旅遂不虚此行了。根据那些信史，我岳父短暂的一生乃有了这样的轮廓：

范赉，字肖岩，江苏武进人，一九〇〇年出生。东南大学毕业，留学法国，卒业于巴黎大学理科植物系。一九二八年起任教于浙江大学，为农学院园艺副教授，每月薪资由一百六十大洋调整为二百四十大洋。一九二九年至一九三一年曾代园艺系主任。长女我存一九三一年生于杭州刀茅巷。当时浙大的农艺场、园艺场、林场、植物园等占地多达七千多亩。范教授带学生临场生物实习，曾远至舟山群岛东北端的小岛嵊山。

二〇一一年八月

小品

散文精读·余光中 >>

所谓国际声誉

近年来，颇有一些作家，对于所谓“国际声誉”，显得非常神往。在这种风气之下，果真中国能产生一位诺贝尔文学奖得主，当然也不是一件坏事。叶梦得《避暑录话》记载：“尝见一西夏归朝官云：‘凡有井水处，即能歌柳词。’”可以想见，柳永在当时确然“颇享国际声誉”。以国际声誉而言，二十世纪最负盛名的中国诗人，应属白居易了。可是今之国际声誉和古之国际声誉至少有一点不同：那就是，前者必须赖翻译以播。翻译，原来是文化“交流”的有效方式，但是在我们，翻译似乎成了“单行道”，呈严重的入超现象。在唐宋，我们是“上国”，国家的优势形成语文的优势。在现代的国际情势中，这样的优越性久已动摇。中国文学之西译，比起西洋文学之汉译，恐怕还不到十分之一，何况西译的中国文学之中，历史悠长的古典文学更占了多数。因此，当今不少作家，在追求如是渺茫的国际声誉之余，只有“望洋”兴叹了。

艺术家和音乐家的条件显然有利得多，因为他们说的是一种好听的“国际语”，没有翻译的问题。同为北宋文艺的大师，在这方面，米芾和苏轼的处境就大不相同。对于西方人士，要欣赏米芾毕竟比亲炙苏轼方便得多了。一幅翻印得不大好的《春山瑞松图》，比起翻译得最好的“山色空濛雨亦奇”来，仍然接近原作多多。文学的不便输出有如是者。在文学各部门中，又以诗最为不便。无论如何，经过翻译之后，一篇小说所保存的原貌，比一首诗总要多些。

相形之下，西方的诗人似乎又比东方的运气好些。东方学者通一种西方文学的，比起通一种东方文学的西方学者，不知要多出好多倍。莎士比亚在中国已有好几种译本，比起来，汤显祖在英国冷落得多了。泰戈尔要写英文，川端康成要赖英译，才能获得诺贝尔奖。从吉卜林到斯坦贝克，英美的作家只要写好自己的国文，同时也只要在本国成了名，就等于已经具有国际声誉。英美之间，相互形成国际，那情形，正如爱尔兰和英国之间一样。像弗罗斯特和艾略特成名于英国，而英国的奥登和狄伦·托马斯扬名于美国，都是常见的例子。也有不少作家，一时不得意于本国的文坛，反而先扬名于海外，然后为国人所追认的，那毕竟是例外，且不免有点辛酸的意味。爱伦·坡之于法国诗坛，正是如此。有时所谓国际声誉，竟因国内的政治压迫而著：易卜生、托马斯·曼、帕斯捷尔纳克、叶夫图申科、索尔仁尼琴，等等，皆是可哀的例子。

但是，在最严肃的意义之下，任何作家的国际盛名，必须建基于国内的地位，始得永固。除非那位作家直接用外文写作，如康拉德，如纳巴科夫，否则我们很难想象，一位作家在国内地位平平，竟能享名国际。像毕加索、夏加尔、克利、亨利·莫尔等艺术家的美妙，确然有目共睹，可以做到普遍的国际化，但是文学作品，尤其是诗，国际化的可能性是很小的。此地的所谓“国际化”，是指实际的欣赏，不是指道听途说的慕名。莎士比亚的戏剧，搬上舞台，拍成电影，颇易欣赏；译为中文，就难于领会得多；要直接读原文的十四行，更是解人难求了。弥尔顿擅作拉丁诗，艾略特曾写法文诗，但是他们的地位，无疑都是建筑在英文的作品上。侨居或留学海外，亦往往无助于诗人的国际声誉，因为无论在生前或死后，一位诗人的地位，不折不扣，仍需用他在本国文字中的表现来鉴定。拜伦、雪莱、济慈、布朗宁夫人，一直到叶芝，尽管客死南欧，仍然是不折不扣的英国诗人，永远活在英文里面。意大利文学史不会收纳拜伦，但是法国艺术史上赫然有凡·高、莫迪里阿尼、毕加索的神龛。可见诗人最具民族性。西方人可以盗光敦煌的宝藏，但是盗不走李白的一首五绝。对诗人而言，所谓国际声誉，半属身外之物，最多只是国内声誉的一种花红罢了。一位诗人最大的安慰，是为自己的民族所热爱，且活在民族的语文之中。当我死时，只要确信自己能活在中文，最美丽最母亲的中文里，仅此一念，即可含笑瞑目。有一次我戏谓国松：“五十年后要研究刘国松的画，恐怕得周游世界。但是要读我的作品，伸手便是。”

诗既如此富于民族性，诗人的地位理所当然应由自己的民族来评定。这原是无须假他人之手以行的事。如果我们能肯定这一点，则时下文坛尤其是诗坛醉心国际声誉之风，就显得没有什么意义了。至少在缓急之分上，这件事无须占那么重的分量。我说这话，希望不致为人误解，目我为闭关自守，“不懂公共关系”。诗人出国，诗出国，都是好事；出国而能真正为国争光，亦诗坛之幸。不过我可以断言，这种机会不太大，至少比艺术和音乐的机会要小得多。最最重要的事：如果一位作家真能在国内扎根成长，风雨不摇，雪霜不凋，则未来的国际市场上，这枚硕美的瓜果必然会供出来的。如果连故土的考验尚不能通过，移植异国的土壤岂能繁荣？

以美国为例。美国人学外文的落后情形，是有名的。由于源出欧洲，美国人在大学课程上，显然厚欧薄亚。美国的大学生要读法国、德国文学，多半直接读原文，但是读中国文学却大半有赖翻译。在各大学间最流行的这么一门课，叫作“英译亚洲文学”（Asian Literature in Translation），通常包括中、日、印三种文学。这现象说明了，除了哈佛等十几家大学外，美国学术界对中国文学的认识尚在启蒙时期。李杜作客尚且如此，现代作家可以想见。好在中文的学习已经日渐普遍，也许三十年，也许百年后，中国现代作家得以原文面目而非七折八扣的译文出现在国际文坛。这应该是最理想也是最公平的“出国”

方式，但在目前自属奢望。在那一天终于来到之前，翻译当然仍是不得已的“次代用品”（如果翻版画和唱片是代用品的话）。然而，即使是“次代用品”，也还有高下之分，这样的输出品必须审慎制造。写诗，写小说，不妨“自由创作”；但是翻译是有客观的学术标准的，不到那样的条件就做那样的事，总带点冒险性。这一点，希望性急的“出口商”，慎加考虑。

一九六九年三月二十六日

樵夫的烂柯*

一月初去新加坡参加“国际华文文艺营”，见到萧乾先生。他感叹说，新加坡变得简直认不出来了，四十年前他路过的新加坡，哪有今天这么繁荣。

…………

山中一日，世上千年。从大陆出来海外的人，个个都有此感。不免令人想起中国的传说：樵夫入山，见人据石对弈，从而观之，棋局未终，视手中斧，其柯已烂……要换一柄新斧，虽然不必千年，却也不止一日。所以西谚说：“时间即金钱。”

仔细想来，这说法大有问题。因为钱可以省下来，存起来，留待他日之用，还可以生利息。时间，却不能如此。我们不能把闲暇存在盒子里，到忙的时候才拿出来使用。学生不能说：“今天是星期天，反正我闲着，不如什么事也不做，把今日存起来，等到联考那一天再用；这样，我就比别人从容得多

---

* 本文略有删节。——编者注

了。”田径选手也不能说：“让我现在存十秒钟下来，加到我出赛的那一天；这样，在最紧要的那一分钟，我就有七十秒可用。”钱，可以存在银行里。时间这种新鲜而又名贵的水果，却无冰箱可藏。及时而不吃，它就烂了。

神话里的力士鲁阳，和韩构交战，胜负未分而日将西沉。鲁阳举戈向天一挥，落日为之倒退，让双方继续交手。这是对时间威胁。李白则说：“吾欲揽六龙，回车挂扶桑。北斗酌美酒，劝龙各一觞。”这是对时间贿赂。其实，时间这家伙顽固得不近人情，威迫和利诱都动不了的。

时间跟金钱还有一点不同：时间之来有一定的顺序，钱则不必。过去的时间有如冥钞，未来的时间有如定期支票，你只能使用手头的时间，因为只有“现在”才是现款。钱不但可以存，也可以借。时间则不可。你不能向自己的未来借时间，使忙碌的今天变成四十八小时，然后到明年少过一天；也不能对好朋友说：“老兄反正没事，不如暂时退出时间，借我一个钟头，让我好赶飞机。下礼拜我闲了再还你。要利息？可以，我还你七十分钟好了。”

如果我们用时间可以不按次序，就太好了。我们不妨先过中年，再过少年，那样一来，许多愚蠢的事情就可以躲过了：也许就不必离婚，或者对父母会孝顺一点。如果能先过老年再过中年，也许会吃得少些，运动得多些，对职业的选择也聪明一些。看到许多豪杰之士晚境苍凉，我常想，人生为什么不倒过来呢？为什么没有一个国度，让我们出世的时候做老人，然后一生逐渐返老还童，到小得不能再小的时候，就一一白日升天而去，或者在摇篮里一一失踪。这样，悲观哲学将不流行。你会在糖果店里看见一群彼此有五十年交情的小朋友，取笑从前你戴氧气罩、我打盐水针的情景。也许小朋友心机单纯，记不得那么久的往事，那也可以在似曾相识、人我两忘的混沌之中牵着手唱歌，唱五十年前的旧歌。

这一切当然都只是幻想。还是中国人说得好：“寸金难买寸光阴。”能买的最多是一只瑞士名表。

一九八五年三月三日

娓娓与喋喋

不知道我们这一生究竟要讲多少句话？如果有一种电脑可以统计，像日行万步的人所带的计步器那样，我相信其结果必定是天文数字，其长，可以绕地球几周，其密，可以下大雨几场。情形当然因人而异。有人说话如参禅，能少说就少说，最好是不说，尽在不言之中。有人说话如嘶蝉，并不一定要说什么，只是无意识的口腔运动而已。说话，有时只是掀唇摇舌，有时是为了表情达意，有时，却也是一种艺术。许多人说话只是避免冷场。并不要表达什么思想，因为他们的思想本就不多。至于说话而成艺术，一语而妙天下，那是可遇而不可求：要记入《世说新语》或《约翰生传》才行。哲人桑塔耶纳就说："雄辩滔滔是民主的艺术；清谈娓娓的艺术却属于贵族。"他所指的贵族不是阶级，而是趣味。

最常见的该是两个人的对话。其间的差别当然是大极了。对象若是法官、医师、警察、主考之类，对话不但紧张，有时恐怕还颇危险，乐趣当然是谈不上的。朋友之间无所用心的闲谈，如果两人的识见相当，而又彼此欣赏，那真是最快意的事了。如果双方的识见悬殊，那就好像下棋让子，玩得总是不畅。要紧的是双方的境界能够交接，倒不一定两人都有口才，因为口才宜于应敌，却不宜用来待友。甚至也不必都能健谈：往往一个健谈，一个善听，反而是最理想的配合。可贵的在于共鸣，不，在于默契。真正的知己，就算是脉脉相对，无声也胜似有声：这情景当然也可以包括夫妻和情人。

这世界如果尽是健谈的人，就太可怕了。每一个健谈的人都需要一个善听的朋友，没有灵耳，巧舌拿来做什么呢？英国散文家海斯立德说："交谈之道不但在会说，也在会听。"在公平的原则下，一个人要说得尽兴，必须有另一个人听得入神。如果说话是权利，听话就是义务，而义务应该轮流负担。同时，仔细听人说话，轮到自己说时，才能充分切题。我有一些朋友，迄未养成善听人言的美德，所以跟人交谈，往往像在自言自语。凡是音乐家，一定先能听音辨声，先能收，才能发。仔细听人说话，是表示尊敬与关心。善言，能赢得听众。善听，才赢得朋友。

如果是几个人聚谈，又不同了。有时座中一人侃侃健谈，众人睽睽恭听，那人不是上司、前辈，便是德高望重，自然拥有发言权，甚至插口之权，其他的人就只有斟酒点烟、随声附和的份了。有时见解出众、口舌便捷的人，也能独揽话题，语惊四座。有时座上有二人焉，往往是主人与主客，一来一往，你问我答，你攻我守，左右了全席谈话的大势，也能引人入胜。

最自然也是最有趣的情况，乃是滚雪球式。谈话的主题随缘而转，愈滚愈大，众人兴之所至，七嘴八舌，或轮流做庄，或旁白助阵，或争先发言，或反复辩难，或怪问乍起而举座愕然，或妙答迅接而哄堂大笑，一切都是天机巧合，甚至重加排练也不能再现原来的生趣。这种滚雪球式，人人都说得尽兴，也都听得入神，没有冷场，也没有冷落了谁，却有一个条件，就是座上尽是老友，也有一个缺点，就是良宵苦短，壁钟无情，谈兴正浓而星斗已稀。日后我们怀念故人，那一景正是最难忘的高潮。

众客之间若是不顶熟稔，雪球就滚不起来。缺乏重心的场面，大家只好就地取材，与邻座不咸不淡地攀谈起来，有时兴起，也会像旧小说那样“捉对儿厮杀”。这时，得凭你的运气了。万一你遇人不淑，邻座远交不便，近攻得手，就守住你一个人恳谈、密谈。更有趣的话题，更壮阔的议论，正在三尺外热烈展开，也许就是今晚最生动的一刻；明知你真是冤枉，错过了许多赏心乐事，却不能不收回耳朵，面对你的不芳之邻，在表情上维持起码的礼貌。其实呢，你恨不得他忽然被鱼刺哽住。这种性好密谈的客人，往往还有一种恶习，就是名副其实地交头接耳，似乎他要郑重交代的，句句都是肺腑之言，恨不得回其天鹅之颈，伸其长蛇之舌，来舔你的鼻子，哎呀，真的是tête—à—tête（面对面）还不够，必得nose—to—nose（鼻对鼻）才满足。你吓得闭气都来不及了，哪里还听得进什么肺腑之言？此人的肺腑深深深几许，尚不得而知，他的口腔是怎么一回事，早已有各种菜味，酸甜苦辣地向你来告密了。至于口水，更是不问可知，早已泽被四方矣。谁教你进入它的射程呢？

聚谈杂议，幸好不是每次都这么危险。可是现代人的生活节奏毕竟愈来愈快，无所为的闲谈、雅谈、清谈、忘机之谈几乎是不可能了。“偶然值林叟，谈笑无还期。”在一切讲究效率的工业社会，这种闲逸之情简直是一大浪费。刘禹锡但求无丝竹之扰耳，其实丝竹比起现代的流行音乐来，总要清雅得多。现代人坐上计程车、火车、长途汽车，都难逃噪音之害。到朋友家去谈天吧，往往又有孩子在看电视。饭店和咖啡馆而能免于音乐的，也很少见了。现代生活的一大可恼，便是经常横被打断，要跟二三知己促膝畅谈，实在太难。

剩下的一种谈话，便是跟自己了。我不是指出声的自言自语，而是指自我的沉思默想。发现自己内心的真相，需要性格的力量。唯勇者始敢单独面对自己；唯智者才能与自己为伴。一般人的心灵承受不了多少静默，总需要有一点声音来解救。所以卡莱尔说：“语言属于时间，静默属于永恒。”可惜这妙念也要言诠。

一九八六年一月

饶了我的耳朵吧，音乐

声乐家席慕德女士有一次搭出租车，车上正大放流行曲。她请司机调低一点，司机说："你不喜欢音乐吗？"席慕德说："是啊，我不喜欢音乐。"

一位音乐家面对这样的问题，真可谓啼笑皆非了。首先，音乐的种类很多，在台湾的社会最具恶势力的一种，虽然也叫作音乐，却非顾曲周郎所愿聆听。其次，音乐之美并不取决于音量之高低。有些人听"音响"，其实是在玩机器，而非听音乐。出租车内的空间，闭塞而小，哪用如此锣鼓喧天？再次，音乐并非空气，不像呼吸那样分秒必需。难道每坐一次出租车，都要给强迫听一次音乐吗？其实，终日弦乐不辍的人，未必真正爱好音乐。

在台湾，到处都是"音乐"，到处都是"爱好音乐"的人；我最同情的，便是音乐界的朋友了。像波德莱尔一样，我不懂乐理，却爱音乐，并且自信有两只敏感的耳朵，对于不够格的音乐，说得上"疾恶如仇"。在台湾，每出一次门——有时甚至不必出门，耳朵都要受一次罪。久而久之，几乎对一切音乐都心存恐怖。噪音在台湾，宛如天罗地网，其中不少更以音乐为名。上帝造人，在自卫系统上颇不平衡：遇到不想看的东西，只要闭上眼睛，但是遇到不想听的东西呢，却无法有效地塞耳。像我这种徒慕音乐的外行，都已觉得五音乱耳、无所逃遁，音乐家自己怎么还活得下去，真是奇迹。

凡我去过的地区，要数台湾的出租车最热闹了，两只音响喇叭，偏偏对准后座的乘客，真正是近在咫尺。以前我还强自忍住，心想又不在车上一辈子，算了。最近，受了拒吸二手烟运动的鼓励，我也推行起拒听二手曲运动，干脆请司机关掉音乐。二手曲令人烦躁、分心、不能休息，而且妨碍乘客之间的对话与乘客对司机的吩咐，也有拒听的必要。

在欧美与日本，出租车上例皆不放音乐。火车上也是如此，只有西班牙是例外。我乘火车旅行过的国家，包括瑞典、丹麦、西德、法国、英国、美国、加拿大、日本，火车上的扩音器只用来播报站名，却与音乐无关。不知道什么缘故，台湾的火车上总爱供应音乐。论质量，则时而国乐，时而西方的轻音乐，时而台湾特产的流行曲，像是一杯劣质的鸡尾酒。论音量，虽然不算喧吵，却也不让人耳根清净，无法安心睡觉或思考。

听说有一次夏志清和无名氏在自强号上交谈，夏志清嫌音乐扰人，请车掌小姐调低，她正忙于他事，未加理会。夏志清受不了，就地朝她一跪，再申前请。音乐终于调低，两位作家欣然重拾论题。但是不久音乐嘈嘈再起，夏志清对无名氏说："这次轮到你去跪了。"

夏氏素来奇行妙论，但是有没有奇到为音乐下跪，却值得怀疑。前述也许只是夸大之词，也许当时他只对车掌小姐威胁说："你再不关音乐，我就要向你下跪了。"不过音乐逼人之急，可以想见。其事未必可信，其情未必无稽。台湾的火车上，一方面播请乘客约束自己的孩子，勿任喧哗，另一方面却又不断自播音乐，实在矛盾。我在火车上总是尽量容忍，用软纸塞起耳朵，但是也只能使音量稍低，不能杜绝。最近忍无可忍，也在拒吸二手烟的精神下，向列车长送上请求的字条。字条是这样写的：

列车长先生：从高雄到嘉义，车上一直在播音乐，令我无法入梦或思考。不知能否将音量调低，让乘客的耳朵有机会休息？

三分钟后，音乐整个关掉了，我得以享受安静的幸福，直到台北。我那字条是署了名的，也不知道那一班自强号关掉音乐，究竟是由于我的名字，还是由于列车长有纳言的精神。感激之余，我仍希望铁路局能考虑废掉车上的播乐，免得每次把这件事个别处理。要是有人以为火车的乘客少不了音乐，那么为什么长途飞行的乘客，关在机舱内十几个小时，并不要求播放音乐呢？

要是有人以为我讨厌音乐，就大大误会了。相反地，我是音乐的信徒，对音乐不但具有热情，更具有信仰与虔敬。国乐的清雅、西方古典的宏富、民谣的纯真、摇滚乐的奔放、爵士的即兴自如、南欧的热烈、中东和印度的迷幻，都能够令我感发兴起或辗转低回。唯其如此，我才主张要嘛不听音乐，要听，必须有一点诚意、敬意。要是在不当的场合滥用音乐，那不但对音乐是不敬，对不想听的人也是一种无礼。我觉得，如果是好音乐，无论是器乐或是声乐，都值得放下别的事情来，聚精会神地聆听。音乐有它本身的价值，对我们的心境、性情、品格能起正面的作用。但是今日社会的风气，却把音乐当作排遣无聊的玩物，其作用不会超过口香糖，不然便是把它当作烘托气氛点缀热闹的装饰，其作用只像是霓虹灯。

音乐的反义词不是寂静，是噪音。敏锐的心灵欣赏音乐，更欣赏寂静。其实一个人要是不能享受寂静，恐怕也就享受不了音乐。我相信，凡是伟大的音乐，莫不令人感到无上的宁静，所以在《公元二〇〇一年：太空流浪记》里，航天员在星际所听的音乐，正是巴赫。

寂静，是一切智慧的来源。达摩面壁，面对的正是寂静的空无。一个人在寂静之际，其实面对的是自己，他不得不跟自己对话。那种绝境太可怕了，非普通的心灵所能承担，因此他需要一点声响来解除困绝。但是另一方面，聆听高妙或宏大的音乐，其实是面对一个伟大的灵魂，这境地同样不是普通人所能承担。因此他被迫在寂静与音乐之外另谋出路：那出路也叫作“音乐”，其实是一种介于音乐与噪音之间的东西，一种散漫而软弱的“时间”。

托马斯·曼在《魔山》里曾说：“音乐不但鼓动了时间，更鼓动我们以最精妙的方式去享受时间。”这当然是指精妙的音乐，因为精妙的音乐才能把时间安排得恰到好处，让我们恰如其分地去欣赏时间，时间形成的旋律与节奏。相反地，软弱的音乐——就算它是音乐吧，不但懈怠了时间，也令我们懈怠了对时间的敏感。我是指台湾特产的一种流行歌曲，其为“音乐”，例皆主题浅薄，词句幼稚，曲调平庸而轻率，形式上既无发展，也无所谓高潮，只有得来现成的结论。这种歌曲好比用成语串成的文学作品，作者的想象力全省掉了，而更糟的是，那些成语往往还用得不对。

这样的歌曲竟然主宰了台湾社会的通俗文化生活，从三台电视的综艺节目到歌厅酒馆的卡拉OK，提供了大众所谓的音乐，实在令人沮丧。俄国作曲家格林卡（Mikhail Glinka）说得好：“创造音乐的是整个民族，作曲家不过谱出来而已。”什么样的民族创造什么样的音乐，果真如此，我们这民族早该痛切反省了。

将近两千四百年前，柏拉图早就在担心了。他说：“音乐与节拍使心灵与躯体优美而健康；不过呢，太多的音乐正如太多的运动，也有其危害。只做一位运动员，可能沦为蛮人；只做一位乐师呢，也会‘软化得一无好处’。”他这番话未必全对，但是太多的音乐会造成危害，这一点却值得我们警惕。

在台湾，音乐之被滥用，正如空气之受污染，其害已经太深，太久了。这些年来，我在这社会被迫入耳的音乐，已经够我听几十辈子了，但是明天我还得再听。

明天我如果去餐馆赴宴，无论是与大众济济一堂，或是与知己另辟一室，大半都逃不了播放的音乐。严重的时候，众弦嘈杂，金鼓齐鸣，宾主也只好提高自己的嗓子慷慨叫阵，一顿饭下来，没有谁不声嘶力竭。有些餐厅或咖啡馆，还有电子琴现场演奏，其声呜呜然，起伏无定，回旋反复，没有棱角的一串串颤音，维持着一种廉价的塑胶音乐。若是不巧碰上喜宴，更有歌星之类在油嘴滑舌的司仪介绍之下，登台献唱。

走到街上呢，往往半条街都被私宅的婚宴或丧事所侵占，人声扰攘之上，免不了又是响彻邻里的音乐。有时在夜里，那音乐忽然破空而裂，方圆半里内的街坊市井便淹没于海啸一般的声浪，鬼哭狼嚎之中，各路音乐扭斗在一起，一会儿是流行曲，一会儿是布袋戏，一会儿又是西洋的轻音乐，似乎这都市已经到了世界末日，忽然堕入了噪音的地狱。如果你天真得竟然向警察去投诉，一定是没有结果。所谓礼乐之邦，果真堕落到这地步了吗？

当你知道这一切不过是几盒廉价的录音带在作怪，外加一架扩音器助纣为虐，那恐怖的暴音地狱，只需神棍或乐匠的手指轻轻一扭就招来，你怎么不愤怒呢？最原始的迷信有了最进步的科技来推广，恶势力当然加倍扩张。如果我跟朋友们觅得一个处女岛，创立一个理想国，宪法的第一条必定把扩音器列为头号违禁品，不许入境。违者交付化学处理，把他缩成一只老鼠，终身囚在喇叭箱中。

第二条便是：录音机之类不许带进风景区。从前的雅士曾把花间喝道、月下掌灯的行径斥为恶习。在爱迪生以前的世界，至少没有人会背着录音机去郊游吧。这些“爱好音乐”的青年似乎一刻也离不开那盒子了，深恐一入了大自然，便会“绝粮”。其实，如果你抛不下机器的文明，又不能在寂静里欣赏“山水有清音”的天籁，那又何苦离开都市呢？在那么僻远的地方，还要强迫无辜的耳朵听你的二手曲吗？

回到家里，打开电视，无论是正式节目或广告，几乎也都无休无止地配上音乐。至于有奖比赛的场合，上起古稀的翁妪，下至学龄的孩童，更是人手一管麦克风，以夜总会的动作，学歌星的滥调，扭唱其词句不通的流行歌曲。夜夜如此，举世效颦，正是柏拉图所担心的音乐泛滥、民风靡软，孔子所担心的郑卫之音。

连续剧的配乐既响且密，往往失之多余，或是点题太过浅露，反令观众耳烦心乱。古装的武侠片往往大配其西方的浪漫弦乐，却很少使用箫笛与琴筝。目前正演着的一出武侠连续剧，看来虽然有趣，主题歌却软弱萎靡，毫无侠骨，跟旁边两台的时装言情片并无两样。天啊，我们的音乐真的堕落到这种地步了吗？许多电影也是如此，导演在想象力不足的时候，就依赖既强又频的配乐来说明剧情，突出主题，不知让寂静的含蓄或悬宕来接手，也不肯让自然的天籁来营造气氛。从头到尾，配乐喋喋不休，令人紧张而疲劳。寂静之于音乐，正如留白之于绘画。配乐冗长而芜乱的电影，正如画面涂满色彩的绘画，同为笨手的拙作。

我们的生活里真需要这么多“音乐”吗？终日在这一片泛滥无际的音波里载浮载沉，就能够证明我们是音乐普及的社会了吗？在一切艺术形式之中，音乐是最能主宰“此刻”最富侵略性的一种。不喜欢文学的人可以躲开书本，讨厌绘画的人可以背对画框，戏剧也不会拦住你的门口，逼你观看。唯独音乐什么也挡不住，像跳栏高手一样，能越过一切障碍来袭击、狙击你的耳朵，搅乱你的心神。现代都市的人烟已经这么密集，如果大家不约束自己手里的发音机器，减低弦歌不辍的音量和频率，将无异纵虎于市。

这样下去，至少有两个后果。其一是多噪音、半噪音、准噪音会把我们的耳朵磨钝，害我们既听不见寂静，也听不见真正的音乐。其二就更严重了。寂静使我们思考，真正的音乐使我们对时间的感觉加倍敏锐，但是整天在轻率而散漫的音波里浮沉，呼吸与脉搏受制于芜乱的节奏，人就不能好好地思想。不能思想，不肯思想，不敢思想，正是我们文化生活的病根。

饶了我无辜的耳朵吧，音乐。

一九八六年九月十五日

麦克雄风

扩音器早已成为现代生活的“必要之恶”了。不论是受惠或是受害，没有人能够生活在它的势力之外。其声之来，如雷贯耳，就算是紧紧地掩护，也无法有效地隔绝。受者固然无从逃避，可是施者也往往难加控制，只好任由那架坏脾气的机器把自己的妙语嘉言拧成刺耳的怪叫。

喜欢演讲或发言的人，至少有一半不懂该如何对待他面前这架敏感的机器。有的凑得太近，像在吃冰淇淋的甜筒，饕餮之声啧啧不绝，又像在吹箫，可惜吹出来的不是箫声，而是嚣声。有的离得太远，空有麦克（mike）而无风，单薄的音量只能勉强达到前二三排。我就见过这种半聋半哑的默剧，助手上台把麦克风推近，演讲的人却不注意，依然退后一步，保持远漠细弱的距离。更有昂藏魁梧之躯，为了迁就缩头的麦克风架，弯其腰而驼其背，极尽俯就、屈就的姿态，颇不雅观。也有人意志薄弱，对着不合作的架座，一番扭头拔颈的徒劳之后，很快就放弃了。

这种情形屡次发生，甚至有些常爱上台的人也不免。演讲人或致词人之类，常有“上台慌”，英文又叫作“麦克慌”（mike fright），上得台来，面对着睽睽的众目，只记挂着说话，竟然没有留心该怎样去掌握麦克风。其实，有些敏感的麦克风是不能“掌握”的，握了，就会发出夸大的摩擦声来，颇为刺耳。

古时没有扩音器，只能靠血肉之躯来呼吼。高僧说道，大儒讲学，听众很多的时候，不知是怎么办的。传说中有名的声响，例如项羽的怒咤、阮籍的啸吟、张飞的断喝、窦娥的吁天，不知究竟是怎样的撼人又震耳。想象起来应该很响，实际上当然比不过今日的扩音器。《三国演义》着力描写诸葛亮怎样骂死王朗，十分生动。我倒很想知道，当时两阵相隔究有多远，或有多近，能让孔明的话口齿清楚地达于敌方？《李凭箜篌引》里说乐音之高亢激越，能令石破天惊而逗秋雨，真的吗，倒像是在说电吉他呢。

荷马的史诗里有一位名叫斯坦托（Stentor）的报信人，据说肺活量倍于常人。相沿至今，斯坦托就成了大声公的代名词，英文仍有stentorian的形容词。后来耶稣赞美自己的使徒雅各和约翰气盛声洪，说他们是“天雷之子”（Boanerges），于是一切发聋振聩的牧师与演讲人也都借用此名。

麦克风普遍之后，一切上台的人都成了“天雷之子”。高据众所瞩目的焦点，自己的声音陡然放大了好几倍，在听堂的空间里来回震荡，气一壮，理更直了。手握着麦克风，简直就有独执牛耳的幻觉。它在你掌中，就像是听众的一只大“公耳”，在恭聆你的高见，而那一串电线正是他们的耳神经。安东尼对罗马的群众演讲，一开头就说要“借各位的耳朵一用”。听众的耳朵反正不值钱，所以台上人牛耳在握，往往就忘了还人了。即使是学者或作家的会议，主持人明明郑重约法，每人发言不得超过五分钟，牛耳在握的发言人却把持言路，滔滔不绝，任你铃声叮叮，怒目睽睽，甚至主持人都已传递字条了，还不肯就此收场。终于一阵反讽的掌声将他赶下台去。

麦克风在现代生活里的用处，当然不限于演讲。几乎百业都可以用来助长自己的声威：车站和机场用它来通告旅客，运动场用它来发号施令，歌者用它来诉说慷慨与缠绵，牧师用它来证道，政客用它来竞选，警察用它来招降，正如韩愈所说：“皆以其术鸣”。当真是百家争鸣，没有它，现代就太寂寞了。但是再好听的声音，就连音乐吧，若是无限地放大，也会变成可怕的噪音。在许多喧闹的场合，扩音器都用来助纣为虐，成了音响暴力。野台戏现代化了之后，全装上了这种夸夸其谈的武器，杀伤力大增。从前的小贩，无论是陆游诗中“小楼一夜听春雨，深巷明朝卖杏花”的花贩，龚自珍诗中“饧箫咽穷巷，沉沉止复吹”的糖贩，或是摇鼓咚咚的货郎，听来总有韵味。唯有今日街头巷尾的流动小贩车，装上强暴的扩音器，一路吆喝叱咤而过，震惊邻里。这种音响暴力的迫销术，竟然任其猖獗；我总是闭门不理，以为报复。

最暴戾的扩音器，该是装在集中营和监狱里的了。不见其面，只闻其声，那声音，粗暴而专横，带着威胁，含着阴沉，经过扩音器的变本加厉，格外祟人。加以监视塔上的探照灯眈眈扫来，真是声色俱厉，凡看过越狱片的人谁不印象深刻？一个人的声音凭空要放大多少倍，来压倒一切不平之鸣，总是色厉内荏，心虚的征象。传说希腊的天神宙斯与人辩论，每当理屈，雷声便起。麦克风既有如此的雷霆之威，也难怪国会里它成了“抢手”的权杖，兵家必争。幸好民主的国家还让人抢麦克风，换了别的社会，台下的人永远是听众，只有洗耳恭听的份。而洗耳，正是洗脑的捷径。

扩音器和耳语相反，是集体生活的象征。好用扩音器的社会，空中经常骚动着高频率的音波，必然是标榜集体主义的社会，其无“耳福”可以想见，而耳福，正是幸福的要项。我不知道地狱是什么样子，但可以确定，那地方必然处处张设着扩音器。

一九八八年三月三日

自豪与自幸

——我的国文启蒙

每个人的童年未必都像童话，但是至少该像童年。若是在都市的红尘里长大，不得亲近草木虫鱼，且又饱受考试的威胁，就不得纵情于杂学闲书，更不得看云、听雨，发一整个下午的呆。我的中学时代在四川的乡下度过，正是抗战，尽管贫于物质，却富于自然，裕于时光，稚小的我乃得以亲近山水，且涵泳中国的文学。所以每次忆起童年，我都心存感慰。

我相信一个人的中文根底，必须深固于中学时代。若是等到大学才来补救，就太晚了，所以大一国文之类的课程不过虚设。我的幸运在于中学时代是在淳朴的乡间度过，而家庭背景和学校教育也宜于学习中文。

一九四〇年秋天，我进入南京青年会中学，成为初一的学生。那家中学在四川江北县悦来场，靠近嘉陵江边，因为抗战，才从南京迁去了当时所谓的“大后方”。不能算是什么名校，但是教学认真。我的中文跟英文底子，都是在那几年打结实的。尤其是英文老师孙良骥先生，严谨而又关切，对我的教益最多。当初若非他教我英文，日后我是否进外文系，大有问题。

至于国文老师，则前后换了好几位。川大毕业的陈梦家先生，兼授国文和历史，虽然深度近视，戴着厚如酱油瓶底的眼镜，却非目光如豆，学问和口才都颇出众。另有一位国文老师，已忘其名，只记得仪容儒雅，身材高大，不像陈老师那么不修边幅，甚至有点邋遢。更记得他是北师大出身，师承自多名士耆宿，就有些看不起陈先生，甚至溢于言表。

高一那年，一位前清的拔贡来教我们国文。他是戴伯琼先生，年已古稀，十足是川人惯称的“老夫子”。依清制科举，每十二年由各省学政考选品学兼优的生员，保送入京，也就是贡入国子监，谓之拔贡。再经朝考及格，可充京官、知县或教职。如此考选拔贡，每县只取一人，真是高才生了。戴老夫子应该就是巴县（即江北县）的拔贡，旧学之好可以想见。冬天他来上课，步履缓慢，意态从容，常着长衫，戴黑帽，坐着讲书。至今我还记得他教周敦颐的《爱莲说》，如何摇头晃脑，用川腔吟诵，有金石之声。这种老派的吟诵，随情转腔，一咏三叹，无论是当众朗诵或者独自低吟，对于体味古文或诗词的意境，最具感性的功效。现在的学生，甚至主修中文系的，也往往只会默读而不会吟诵，与古典文学不免隔了一层。

为了戴老夫子的耆宿背景，我们交作文时，就试写文言。

凭我们这一手稚嫩的文言，怎能入夫子的法眼呢？幸而他颇客气，遇到交文言的，他一律给六十分。后来我们死了心，改写白话，结果反而获得七八十分，真是出人意料。

有一次，和同班的吴显恕读了孔稚珪的《北山移文》，佩服其文采之余，对纷繁的典故似懂非懂，乃持以请教戴老夫子，也带点好奇，有意考他一考。不料夫子一瞥题目，便把书合上，滔滔不绝，不但我们问的典故他如数家珍地详予解答，就连没有问的，他也一并加以讲解，令我们佩服之至。

国文班上，限于课本，所读毕竟有限，课外研修的师承则来自家庭。我的父母都算不上什么学者，但他们出身旧式家庭，文言底子照例不弱，至少文理是晓畅通达的。我一进中学，他们就认为我应该读点古文了，父亲便开始教我魏征的《谏太宗十思疏》，母亲也在一旁帮腔。我不太喜欢这种文章，但感于双亲的谆谆指点，也就十分认真地学习。接下来是读《留侯论》，虽然也是以知性为主的议论文，却淋漓恣肆，兼具生动而铿锵的感性，令我非常感动。再下来便是《春夜宴桃李园序》《吊古战场文》《与韩荆州书》《陋室铭》等几篇。我领悟渐深，兴趣渐浓，甚至倒过来央求他们多教一些美文。起初他们不很愿意，认为我应该多读一些载道的文章，但见我颇有进步，也真有兴趣，便又教了《为徐敬业讨武曌檄》《滕王阁序》《阿房宫赋》。

父母教我这些，每在讲解之余，各以自己的乡音吟哦给我听。父亲诵的是闽南调，母亲吟的是常州腔，古典的情操从乡音深处召唤着我，对我都异常亲切。就这么，每晚就着摇曳的桐油灯光，一遍又一遍，有时低回，有时高亢，我习诵着这些古文，忘情地赞叹骈文的工整典丽，散文开阖自如。这样的反复吟咏，潜心体会，对于真正进入古人的感情，去呼吸历史，涵泳文化，最为深刻、委婉。日后我在诗文之中展现的古典风格，正以桐油灯下的夜读为其源头。为此，我永远感激父母当日的启发。

不过那时为我启蒙的，还应该一提二舅父孙有孚先生。那时我们是在悦来场的乡下，住在一座朱氏宗祠里，山下是南去的嘉陵江，涛声日夜不断，入夜尤其撼耳。二舅父家就在附近的另一个山头，和朱家祠堂隔谷相望。父亲经常在重庆城里办公，只有母亲带我住在乡下，教授古文这件事就由二舅父来接手。他比父亲要闲，旧学造诣也似较高，而且更加喜欢美文，正合我的抒情倾向。

他为我讲了前后《赤壁赋》和《秋声赋》，一面捧着水烟筒，不时滋滋地抽吸，一面为我娓娓释义，哦哦诵读。他的乡音同于母亲，近于吴侬软语，纤秀之中透出儒雅。他家中藏书不少，最吸引我的是一部插图动人的线装《聊斋志异》。二舅父和父亲那一代，认为这种书轻佻侧艳，只宜偶尔消遣，当然不会鼓励子弟去读。好在二舅父也不怎么反对，课余任我取阅，纵容我神游于人鬼之间。

后来父亲又找来《古文笔法百篇》和《幼学琼林》《东莱博议》之类，抽教了一些。长夏的午后，吃罢绿豆汤，父亲便躺在竹睡椅上，一卷接一卷地细览他的《纲鉴易知录》，一面叹息盛衰之理，我则畅读旧小说，尤其耽看《三国演义》。《西游记》《水浒传》，甚至《封神榜》《东周列国志》《七侠五义》《包公案》《平山冷燕》等，也在闲观之列，但看得最入神也最仔细的，是《三国演义》，连草船借箭那一段的《大雾迷江赋》也读了好几遍。至于《儒林外史》和《红楼梦》，则要到进了大学才认真阅读。当时初看《红楼梦》，只觉其婆婆妈妈，很不耐烦，竟半途而废。早在高中时代，我的英文已经颇有进境，可以自修《莎氏乐府本事》（*Tales from Shakespeare: by Charles Lamb*），甚至试译拜伦《恰尔德·哈罗德游记》（*Childe Harold's Pilgrimage*）的片段。只怪我野心太大，头绪太多，所以读中国作品也未能全力以赴。

我一直认为，不读旧小说难谓中国的读书人。“高眉”（high-brow）的古典文学固然是在诗文与史哲，但“低眉”（low-brow）的旧小说与民谣、地方戏之类，却为市井与江湖的文化所寄，上至骚人墨客，下至走卒贩夫，广为雅俗共赏。身为中国人而不识关公、包公、武松、薛仁贵、孙悟空、林黛玉，是不可思议的。如果说庄、骚、李、杜、韩、柳、欧、苏是古典之葩，则西游、水浒、三国、红楼正是民俗之根，有如圆规，缺其一脚必难成其圆。

读中国的旧小说，至少有两大好处。一是可以认识旧社会的民情风土、市井江湖，为儒道释俗化的三教文化作一注脚；另一则是在文言与白话之间搭一桥梁，俾在两岸自由来往。当代学者慨叹学子中文程度日低，开出来的药方常是“多读古书”。其实目前学生中文之病已近膏肓，勉强吞咽几丸《孟子》或《史记》，实在是杯水车薪，无济于事，根底太弱，虚不受补。倒是旧小说融贯文白，不但语言生动，句法自然，而且平仄妥帖，词汇丰富。用白话写的，有口语的流畅，无西化之夹生，可谓旧社会白话文的“原汤正味”；而用文话写的，如《三国演义》《聊斋志异》与唐人传奇之类，亦属浅近文言，便于白话过渡。加以故事引人入胜，这些小说最能使青年读者潜化于无形，耽读之余，不知不觉就把中文摸熟弄通，虽不足从事什么声韵训诂，至少可以做到文从字顺，达意通情。

我那一代的中学生，非但没有电视，也难得看到电影，甚至广播也不普及。声色之娱，恐怕只有靠话剧了，所以那是话剧的黄金时代。一位穷乡僻壤的少年要享受故事，最方便的方式就是读旧小说。加以考试压力不大，都市娱乐的诱惑不多而且太远，而长夏午寐之余，隆冬雪窗之内，常与诸葛亮、秦叔宝为伍，其乐何输今日的磁碟、录影带、卡拉OK？而更幸运的，是在“且听下回分解”之余，我们那一代的小“看官”们竟把中文读通了。

同学之间互勉的风气也很重要。巴蜀文风颇盛，民间素来重视旧学，可谓弦歌不辍。我的四川同学家里常见线装藏书，有的可能还是珍本，不免拿来校中炫耀，乃得奇书共赏。当时中学生之间，流行的课外读物分为三类，即：古典文学，尤其是旧小说；新文学，尤其是三十年代白话小说；翻译文学，尤其是帝俄与苏联的小说。三类之中，我对后两类并不太热衷，一来因为我勤读英文，进步很快，准备日后直接欣赏原文，至少可读英译本，二来我对当时西化而生硬的新文学文体，多无好感，对一般新诗，尤其是普罗八股，实在看不上眼。同班的吴显恕是蜀人，家多古典藏书，常携来与我共赏，每遇奇文妙句，辄同声啧啧。有一次我们迷上了《西厢记》，爱不释手，甚至会趁下课的十分钟展卷共读，碰上空堂，更并坐在校园的石阶上，膝头摊开张生的苦恋，你一节，我一段，吟咏什么“颠不刺的见了万千，似这般可喜娘的宠儿罕曾见”。后来发现了苏曼殊的《断鸿零雁记》，也激赏了一阵，并传观彼此抄下的佳句。

至于诗词，则除了课本里的少量作品以外，老师和长辈并未着意为我启蒙，倒是性之相近，习以为常，可谓无师自通。当然起初不是真通，只是感性上觉得美，觉得亲切而已。遇到典故多而背景曲折的作品，就感到隔了一层，纷繁的附注也不暇细读。不过热爱却是真的，从初中起就喜欢唐诗，到了高中更兼好五代与宋之词，历大学时代而不衰。

最奇怪的，是我吟咏古诗的方式，虽得闽腔吴调的口授启蒙，兼采二舅父哦叹之音，日后竟然发展成唯我独有的曼吟回唱，一波三折，余韵不绝，跟长辈比较单调的诵法全然相异。五十年来，每逢独处寂寞，例如异国的风朝雪夜，或是高速长途独自驾车，便纵情朗吟“弃我去者昨日之日不可留，乱我心者今日之日多烦忧！”或是“长洪斗落生跳波，轻舟南下如投梭。水师绝叫凫雁起，乱石一线争磋磨！”顿觉太白、东坡就在肘边，一股豪气上通唐宋。若是吟起更高古的“老骥伏枥，志在千里。烈士暮年，壮心不已”，意兴就更加苍凉了。

《晋书 · 王敦传》说王敦酒后，辄咏曹操这四句古诗，一边用玉如意敲打唾壶作节拍，壶边尽缺。清朝的名诗人龚自珍有这么一首七绝：“回肠荡气感精灵，座客苍凉酒半醒。自别吴郎高咏减，珊瑚击碎有谁听？”说的正是这种酒酣耳热，纵情朗吟，而四座共鸣的豪兴。这也正是中国古典诗感性的生命所在。只用今日的普通话来读古诗或者默念，只恐永远难以和李杜呼吸相通，太可惜了。

前年十月，我在英国六个城市巡回诵诗。每次在朗诵自己作品六七首的英译之后，我一定选一两首中国古诗，先读其英译，然后朗吟原文。吟声一断，掌声立起，反应之热烈，从无例外。足见诗之朗诵具有超乎意义的感染性，不幸这种感性教育今已荡然无存，与书法同一式微。

去年十二月，我在“第二届中国文学翻译国际研讨会”上，对各国的汉学家报告我中译王尔德喜剧《温夫人的扇子》

的经验，说王尔德的文字好炫才气，每令译者“望洋兴叹”而难以下笔，但是有些地方碰巧，我的译文也会胜过他的原文。众多学者吃了一惊，一起抬头等待下文。我说：“有些地方，例如对仗，英文根本比不上中文。在这种地方，原文不如译文，不是王尔德不如我，而是他捞过了界，竟以英文的弱点来碰中文的强势。”

我以身为中国人自豪，更以能使用中文为幸。

一九九三年一月

长未必大，短未必浅

孟德斯鸠曾说："演说家深度不足，每用长度来补偿。"这就苦了无辜的听众了。其实以短取胜，并不限于演讲，更包括不少需要急智的场合，例如答问、题词、解嘲、说笑话等等。近年去大陆访问，往往被迫当众题词，而游罢名胜古迹，亭台楼阁之间，也每每要面对文房四宝，骑虎之势，不得不当众挥毫。因此登临的快意不免扫兴。事前固然可以稍作准备，不过常常不合现场的真相，倒是临时即兴，却每得佳句。这可能就是所谓"厚积薄发"吧。

最轻松的一次，是在闽侯的"冰心纪念馆"。我题了四个字："如在玉壶"。观众不料题词这么短，但很快就悟出是取自王昌龄的"一片冰心在玉壶"，乃报以由衷的掌声。

常德在沅江的堤岸上设有诗墙，上刻古今名诗，长达二点七公里。洛夫、郑愁予和我的作品亦在其列。主人索题，我大书"诗国长城"四字，意犹未尽，又添了两句副题："外抗洪水，内御时光"。观者再度鼓掌。

桂林东北有灵渠，秦始皇为进攻百越而下令开凿，既便舟楫，又兴水利，乃有湘漓同源之说。我讨巧题了一句“一点灵犀通灵渠”。近日游客回台，告诉我还见到这题字。

成都的武侯祠，我是这样题的：“魏王无庙，武侯有祠，涕泣一表，香火万世。”近日报载：曹操还是有庙的，可是遭人盗墓，显得凌乱，枉自算尽机关。

今年端午，秭归邀我参加祭吊屈原的盛典。萧萧、游唤、陈宪仁及明德大学的汪大永校长、罗文玲院长也参加了文化论坛。我在典礼上朗诵了为这场合新写的第七首颂屈之诗：《秭归祭屈原》，诗长八十六行，六分钟才诵毕。事后又去宜昌的三峡大学演讲。校方安排我和流沙河、李元洛参观博物馆的古文物。流沙河题：“楚人失之，楚人得之。”我用其意而稍加曲折，题为“楚人失之者，湖北人得之”，把大家逗笑了。

大陆许多报刊访问过我，当然也向我索题。题得太多，大半都已忘记。印象较深的是为河南《寻根》双月刊所题：“根索水而入土，叶追日而上天。”今年端午，为《三峡商报》题的是：“商道唯诚，报导唯真。”“报导”当然也暗喻“报道”。为武汉的《楚天都市报》，我的题词是：“愿汉水长流，楚天更阔。”

不少景点的主管索题，我往往就写：“最美丽的辖区，最风雅的责任。”这两句话简直可以通行天下。至于为观众签名，如有坚持索讨题句，近年我常写的是这样的美学：“曲高未必和寡，深入何妨浅出。”有时偷懒，就题：“文以会友，诗以结缘。”较长的题句也包括：“唯你的视线无限，能超越地平线的有限。”如果写信给高中生，就会有这样的句子：“中学乃学问之上游，上游清则下游畅。”近日朋友的女儿考取艺术大学，朋友要我赠句勉励。我欣然题下：“以身许美，从艺而终。”

我在中山大学已有二十五年，为学校题句无数，马克杯上、骨瓷杯上、磨砂杯上、铅笔上、运动衫上、伞上，甚至薪俸通知单上，都有我的题句。骨瓷杯上那首《西湾黄昏》已经收入诗集《高楼对海》。磨砂杯上，从左到右有两句连环成诗：“这世界待你向前推动，像杯子旋转在你掌中。”诗读完了，杯子也在你掌中转了一圈，不无创意吧？二十周年校庆正值二〇〇〇年，运动衫上乃有我题的：“二十岁的活力，两千年的新机。”伞上题的小诗必定会逗路人一笑，全是短句：“撑伞，是出发／收伞，是到家／带伞，是先见／掉伞，是常情／借伞，是借口／还伞，是有心／共伞，跟谁呢？／当心，是缘分！”

我文章里的一句话：“蓝墨水的上游是汨罗江”，湖南人常常引用，二〇〇五年端午汨罗市的街上，到处有红底白字的跨街布条，用这句话向屈原致敬。

星云大师展出他有名的“一笔书法”。我以一联相赠：“一笔贯日月，八方悬星云。”于右任一百三十冥诞纪念，陆炳文嘱我题句，我报以“遗墨淋漓长在壁，美髯倜傥犹当风”。泉州新建“闽台缘博物馆”，展出我的《乡愁》一诗，并向我索题。我报以“香火长传妈祖庙，风波不阻闽台缘”。

现实生活有时候激发了灵感，不待纸笔，就口占了出来。一九九四年和高天恩、欧茵西、隐地等去布拉格，会后沿街选购水晶精品，兴致越来越high，但也有人这件嫌贵，那件嫌重，沉吟不决。我随口编了一首劝购歌鼓舞士气，歌曰：

昨天太穷
后天太老
今天不买
明天懊恼

同伴传诵之余，也就不管悭囊之轻，行李之重，尽兴买下去了。

有时候成语活用或是改编，也颇有趣。这种因旧生新，化凡为巧的戏拟体，也不失为锻炼想象。例如讲学归来，平添了许多赠书与厚礼，说是“满载而归”，其实行李超重，打包不易，应该叫作“积重难返”。又如“朝秦暮楚”，不必专指反复无常了，也可以移来形容空姐吧。若嫌秦楚格局太小，不妨改用“欧风美雨”。依此类推，“杞人忧天”也不必是负面之词，反而有正面的环保先见了。美国前副总统戈尔不正是今之杞人吗？他如“近墨者黑”一词，常令我联想到猫王普雷斯利演唱时的肢体语言，是来自从小习于黑人的蓝调，尤其是学恰克·贝瑞的“抖膝功”。“迈克尔雄风”则是我将迈克尔风扭曲得来。许多人演讲，不懂如何对待迈克尔风，一味凑近去猛吼，还自以为雄风震耳呢。

我自己的文章里，不时也有一些片段，可以独立于上下文之外，有自己的生命。这些句子都不超过七十个字，合于“短讯”的规格。例如：“光，像棋中之车，只能直走；声，却像棋中之炮，可以飞越障碍而来。我们注定了要饱受噪声的迫害。”又如：“善言，能赢得观众。善听，才赢得朋友。”

二〇一〇年六月

评论

徐志摩诗小论

《围城》第八十五页，名士董斜川睥睨群彦，语惊四座："新诗跟旧诗不能比！我那年在庐山跟我们那位老世伯陈散原先生聊天，偶尔谈起白话诗，老头子居然看过一两首新诗。他说还算徐志摩的诗有点意思，可是只相当于明初杨基那些人的境界，太可怜了。"

陈散原有没有说过这一番话，尚待考证，不过《围城》里的儒林百态似乎均有影射，不致空穴来风。体出山谷的散原老人，对于晚唐风味的杨基，自然不会垂青。把徐志摩来比杨基，显然是在贬徐。《麓堂诗话》批评杨基说："其曰'六朝旧恨斜阳外，南浦新愁细雨中'，曰'平川十里人归晚，无数牛羊一笛风'，诚佳。然'绿迷歌扇，红衬舞裙'，已不能脱元诗气习。至'帘为看山尽卷西'，更过纤巧，'春来帘幕怕朝东'，乃艳词耳。"陈田在《明诗纪事》中也说："眉庵集中不乏冲雅之作，特才华烂漫，时伤纤巧。弇州摘其'判醉望愁醒，愁因醉转增'，是词中菩萨蛮语。'尚短柳如新折后，已残花似未开时’，是浣溪沙调语。”杨基诗风，当然不尽是纤巧的一类。《明诗别裁》就认为他的《长江万里图》七言短古本于李颀常建，而《岳阳楼》一首应推为五言之杰作，一起一结尤入神境。

散原老人说徐志摩只相当于杨基的境界，大概是病其纤巧柔靡，有肌无骨。无论陈散原有没有说过这句话，据我猜想，钱默存自己多少也有这种看法的。在《围城》里，他又借董斜川之口说：“东洋留学生捧苏曼殊，西洋留学生捧黄公度。留学生不知苏东坡黄山谷，心目间只有这一对苏黄，我没说错吧？还是黄公度好些，苏曼殊诗里的日本味儿，浓得就像日本女人头发上的油气。”

江西诗派祖述黄山谷，讲究的是“生涩瘦硬，奇僻拗拙”，专爱向古人句中去脱胎换骨，腐草生萤，对于苏东坡的行云流水，恣肆淋漓，尚且不满，对于杨基和苏曼殊之流，自然更嫌其纤柔浓艳了。徐志摩的小诗《沙扬娜拉》一首，副题“赠日本女郎”：

最是那一低头的温柔，
　像一朵水莲花不胜凉风的娇羞，
道一声珍重，道一声珍重，
那一声珍重里有甜蜜的忧愁——
　沙扬娜拉！

在徐志摩的诗里，这是一首上选之作，甜津津的，倒真是有点苏曼殊的味道，江西派诗人看到，又该皱眉了。平心而论，这首小诗韵律和意象都很贴切自然，起句好，结句更有余味。论者常说徐志摩西化。就这首诗来看，却婉转温柔，一声“珍重”三次低回，有小令之感。柔情在这首诗里，可说恰到好处，过此就真的纤弱了。像《别拧我，疼》那一类诗，就未免太露骨，流于俗艳，置于宋词之中，当在秦观柳永之间。《沙扬娜拉》一首之免于西化，不但在韵味，也在句法。全诗五行，没有主词，没有散文必赖的联系词，没有累赘堆砌的形容词，更没有西化句中屡见的代名词：转接无痕的文法诚然是中国的传统。另一首佳作却是比较西化的《偶然》：

我是天空里的一片云，
偶尔投影在你的波心——
　　你不必讶异，
　　更无须欢喜——
在转瞬间消灭了踪影。

你我相逢在黑夜的海上，
你有你的，我有我的，方向，
　　你记得也好，

最好你忘掉，

在这交会时互放的光亮！

《偶然》是一首歌，确也谱成了曲，流传众口。所谓偶然，就是中国人所说的“缘”。世上之事，一饮一啄，莫非前定，同载共渡，皆是有缘。然则一切偶然都是必然，真的是不必讶异，何须欢喜了。这该是一首情诗，写的是有缘的邂逅，无缘的结合，片时的惊喜，无限的惘然。语气以退为进，实重似轻，洒脱之中隐寓着留恋。如果真的在一转瞬间形消影灭，那当然最好是忘掉，又何须记在诗里呢？所以表面上虽故示豁达，内心却是若有憾焉。在语调和情调上，表里之间对照的张力，正是《偶然》成功的地方。

前后两段各用了一个譬喻。前段作者是云，对方是水，云是主，水是客。后段两人都是水上的船，主客之势变成了平等的对驶。有人认为两段用喻各自为政，意象结构不够调和。其实由云而水，由水而船，接得十分自然；同时，前段从投影到灭影，是否定，后段从茫茫沧海漫漫黑夜到互放光亮；是肯定。肯定了什么呢？爱情，片刻之光可偿恒久之黑暗。生命之晦暗，赖有情人烛照之。由灭影到放光，意象结构原是十分有机的。

论者常说徐志摩欧化，似乎一犯欧化，便落了下乘。其实徐志摩并不怎么欧化，即使真有欧化，也有时欧化得相当高明。他的诗在格律上，句法上，取材上，是相当欧化的，但是在辞藻和情调上，仍深具中国的风味。其实五四以来较有成就的新诗人，或多或少，莫不受到西洋文学的影响；问题不在有无欧化，而在欧化得是否成功，是否真能丰富中国文学的表现手法。欧化得生动自然，控制有方，采彼之长，以役于我，应该视为"欧而化之"。欧化得拙笨勉强，控制无力，不但未能采人之长，反而有损中文之美，便是"欧而不化"。新文学作家中文的毛病，一半便由于"欧而不化"。但是在《偶然》这首诗里，徐志摩却是欧而化之的。

"在你的波心"和"在黑夜的海上"，都是文法上的所谓副词短语（adverbial phrase），在诗中均置于句末，当然是有些欧化。不过这样使用，今日已经习以为常，不值得计较了。倒是"你有你的，我有我的，方向"一句，欧化得十分显明，却也颇为成功。不同主词的两个动词，合用一个受词，在中文里是罕见的。中国人惯说的"公说公有理，婆说婆有理"，不能简化成"公说公有，婆说婆有，理"。徐志摩如此安排，确乎大胆，但是说来简洁而悬宕，节奏上益增重叠交错之感。如果坚持中国文法，改成"你有你的方向，我有我的方向"，反而啰唆无趣了。另有一处句法上的欧化，却不易察觉，那便是最后的三行：

你记得也好，
最好你忘掉，
在这交会时互放的光亮！

匆匆读来，似乎“记得”和“忘掉”都是自足的动词，作用只及于所属之短句。仔细读时，才发现末句“在这交会时互放的光亮”不但是一个名词片语，而且是一个受词，承受的动词偏偏又是双重的——“记得”和“忘掉”，正是合用这受词的双动词。徐志摩等于在说：“你记得我们交会时互放的光亮也好，你忘掉我们交会时互放的光亮最好。”不过这么说来，就是累赘的散文了。在篇末短短的四行诗中，双动词合用受词的欧化句法，竟然连用了两次，不但没有失误，而且颇能创新，此之谓“欧而化之”。

不过，如果说《偶然》一诗的胜境尽在欧化，则又不公平。此诗的语言仍以白话为主，但是像“偶尔”“讶异”“无须”“转瞬”“相逢”等词，却都是文言惯用的。要在一首短诗里调和白话、文言、欧化三种因素，并非易事。短句也处理得体：“不必讶异”和“无须欢喜”是对仗的，但第二段中的短句安排得更好。前段的两个短句，句法均是上三下二；后段的两个短句，却巧加变化，第一句是上三下二，第二句则改为上二下三。如果排成：

你记得也好，

你忘掉最好，

不但前后四个短句同一句法，读来单调刻板，而且语气僵硬无趣，倒像在吵嘴了。小小挪移一下，节奏立见生动；此事看来容易，一般诗人却想不到。只是末句我要挑一个小毛病：“在这交会时互放的光亮”，十个字里，倒有六个是亢拔嘹亮的去声字，偏偏韵脚又落在去声上，而前面的几个韵脚“上”“向”“掉”，又都是去声，全汇在这么一段怅惘低回的意境里，未免太刚了一点。徐志摩的音调，往往铿锵有余，而柔婉不足，曲折不够。《再别康桥》是另一首上乘的作品：

轻轻的我走了，

　正如我轻轻的来；

我轻轻的招手，

　作别西天的云彩。

那河畔的金柳，

　是夕阳中的新娘；

波光里的艳影，

　在我的心头荡漾。

软泥上的青荇，

　油油的在水底招摇：

在康河的柔波里，

　我甘心做一条水草！

那榆荫下的一潭，

　不是清泉，是天上虹

揉碎在浮藻间，

　沉淀着彩虹似的梦。

寻梦？撑一枝长篙，

　向青草更青处漫溯；

满载一船星辉，

　在星辉斑斓里放歌。

但我不能放歌，

　悄悄是别离的笙箫；

夏虫也为我沉默，

　沉默是今晚的康桥！

悄悄的我走了，

　正如我悄悄的来；

我挥一挥衣袖，
　　不带走一片云彩。

和《偶然》一样，这首《再别康桥》也是貌若洒脱而心实惆怅，只是《偶然》之惆怅乃因人而起，而《再别康桥》之惆怅乃因地而生。表面上诗人只是“挥一挥衣袖，不带走一片云彩”，似乎是无所依恋，但他的“心头”却荡漾着康河的波光艳影，“甘心”做柔波里的一条水草，而临别前夕，怅然无语，欲歌不能，连夏虫也为他沉默了。其实一开始诗人“作别西天的云彩”，便已有好景无多之感。

从晚霞到夕阳，从夕阳到星辉，从星辉到悄悄的夏夜，时序交代得井井有条。金柳、青荇、青草、彩虹和斑斓的星辉，诗中的色彩与光芒十分动人，但听觉上却是一片沉寂，形成特殊的对照。论者常说徐志摩的诗欧化，从这首诗看来，并不如此。综观全诗，无论在情调上或辞藻上，都颇有中国古典诗的味道。“寻梦？撑一枝长篙”以下的四行，简直像宋词。“我轻轻的招手，作别西天的云彩”两句，更有李白的神韵。但在这两句里，云彩还在西天，徐志摩还在人间；到了诗末的“我挥一挥衣袖，不带走一片云彩”，康桥竟已云霞掩映，俨同仙境，而徐志摩已成下凡的仙人了。意境到此，何欧化之有？同时，诗人再别康桥，悄悄的不是别离的钢琴或提琴，而是笙箫，仍不失其中国气质。至于“满载一船星辉”，虽是佳句，却本于宋朝张孝祥的《西江月》:“满载一船明月,平铺千里秋江”。

句法上倒是有一点欧化的。例如开篇的三行:

轻轻的我走了,
　正如我轻轻的来,
我轻轻的招手,

确有一些欧化,但用得十分灵活:副词“轻轻的”连用了三次,在句中的位置忽升忽降,重复中有变化,绝不单调。第四段第二行在文法上和第三行不可分割,是为西洋诗中所谓“跨行”,这也是欧化的,所以行末无标点。其实第二段的一、三两行和第三段的首行,全是跨行,原不应有标点;徐志摩都加上逗点,反为不美。

重词叠字,是本诗音调上的一个特色。篇首三用“轻轻”,篇末三用“悄悄”,前后形成双声叠字,有如天籁。整个末段的句法,和首段的句法呼应,又是一种重叠。而呼应得最有趣的,则是第四段末到第六段末。“虹”“梦”“青”“星辉”“放歌”“沉默”等字眼,均重复一次,但重复的方式各异,交织成纷至沓来的音响效果,却又安排得十分自然,并不惹眼。“向青草更青处漫溯”一句,兼双声,叠韵,叠字而有之,音调脆爽之极。不过在第五段中,第二行末的“溯”字和第四行末的“歌”字，该押韵而实未押韵，是一失误。徐志摩是浙江人，可能把“歌”字读成“姑”了。吾友诗人夏菁，浙江人，也有这种乡音。

徐志摩的诗当然不能篇篇这么好。大致说来，他的诗能快而不能慢，能高亢而不能沉潜，善用短句而拙于长句，精于小品而未能驾驭长篇。在《常州天宁寺闻礼忏声》《五老峰》《庐山石工歌》，以至四百行以上的《爱的灵感》等长篇之中，徐志摩的诗艺便显得照顾不周，成就不大。像《这是一个懦怯的世界》一类的作品，有意学雪莱而不成功。至于《盖上几张油纸》一类带点戏剧意味的作品，则接近哈代。其实哈代的诗在技巧上颇为笨拙，学得不好，更易流于平淡无味。徐志摩屡次试写西洋的双行体，也不够出色，不过双行体本来就难工，恐怕没有新诗人是能把双行体写成功的。尽管如此，徐志摩在新诗上的贡献仍大有可观。

一九七七年十一月

亦秀亦豪的健笔

——我看张晓风的散文

三十年来台湾的散文作家，依年龄和风格大致可以分为四代。第一代的年龄在八十岁上下，可以梁实秋为代表。第二代在六十岁左右，以女作家居多，目前笔力最健者，当推琦君，但在须眉之中，也数得出思果、陈之藩、吴鲁芹、周弃子等人，不让那一代的散文全然变成“男性的失土”。第三代的年龄颇不整齐，大约从四十岁到六十岁，社会背景也很复杂：王鼎钧、张拓芜、林文月、亮轩、萧白、子敏等人都是代表；另有诗人而兼擅散文的杨牧与管管，小说家而兼擅此道的司马中原（张爱玲亦然，但应该归于第二代）。第四代的年龄当在二三十岁，作者众多，潜力极大，一时尚难遽分高下，但似乎应该包括温任平、林清玄、罗青、渡也、高大鹏、孙玮芒、李捷金、陈幸蕙等人的名字。

大致说来，第二代的风格近于第一代，多半继承五四散文的流风余绪，语言上讲究文白交融，笔法上讲究入情入理，题材上则富于回忆的温馨。第三代是一个突变，也是一个突破。年龄固然是一大原因，但真正的原因是第三代的作家大多接受了现代文艺的洗礼，运用语言的方式，已有大幅的蜕变。他们不但讲究文白交融，也有兴趣的酌量作西化的试验，不但讲究人情世故，也有兴趣探险想象的世界。在题材上，他们不但回忆大陆，也有兴趣反映台湾的生活，探讨当前的现实。他们当然欣赏古典诗词，但也乐于运用现代诗的艺术，来开拓新散文的感性世界，同样，现代的小说、电影、音乐、绘画、摄影等艺术，也莫不促成他们观察事物的新感性。

> “要是你四月来，苹果花开，哼……”
>
> 这人说话老是使我想起现代诗。

张晓风的散文《常常，我想起那座山》中的两句话，正好用来印证我前述的论点。在第三代的散文家中，张晓风年纪较轻，但成就却不容低估。前引的两句和现代诗的关系还比较落于言诠，再看她另一篇作品《你还没有爱过》中的一句：

> 而终有一天，一纸降书，一排降将，一长列解下的军刀，我们赢了！

这一句话写的是日军投降，但是那跳接的意象，那武断而迅疾的句法，却是现代诗的作风。换了第二代的散文家，大半不会这么写的。

张晓风的一支健笔纵横于近二十年来的文坛，先是以散文成名，继而转向小说，不久又在戏剧界激起壮阔的波澜，近年她的笔锋又收回散文的领域，而更见变化多姿。她在散文创作上的发展，正显示一位年轻作家如何摆脱了早期新文学的束缚，如何锻炼了自己的风格，而卓然成为第三代的名家。早在十三年前，我已在《我们需要几本书》一文中指出："至少有三个因素使早期的晓风不能进入现代：中文系的教育，女作家的传统，五四新文学的余风。我不是说，凡出身中文系，身为女作家，且承受五四余泽的人，一定进不了现代的潮流。我只是说，上述的三个背景，在普通的情形下，任具一项，都足以阻碍现代化的倾向。晓风三者兼备，竟能像跳栏选手一样，一一越过，且奔向坦坦的现代大道，实在是难能可贵的。"

十三年后回顾晓风在散文上的成就，比起当日来，自又丰收得多，再度综览她这方面的作品，欣赏之余，可以归纳出如下的几个特色：第一，晓风成名于六十年代的中期，那时正是台湾文坛西化的高潮，她的作品却能够免于一般西化的时尚，既不乱叹人生的虚无，也不沉溺文字的晦涩。第二，她出身于中文系，却不自囿于所谓"旧文学"，写起文章来，既少饾饤其表的四字成语或经典名言，也无以退为进以酸为雅的谦虚作态。相反地，她对于西方文学颇留意吸收，在剧本的创作上尤其如此。读她的散文，实在看不出是昧于西洋文学的作家所写。第三，她是女作家，却能够摆脱许多女作家，尤其是一些散文女作家常有的那种闺秀气，其实从《十月的阳光》起，她的散文往往倒有一股勃然不磨的英伟之气。她的文笔原就无意于妩媚，更不可能走向纤弱，相反地，她的文气之旺，笔锋之健，转折之快，比起一些阳刚型的男作家来，也毫不减色。第四，一般的所谓散文家，无论性别为何，笔下的题材常有日趋狭窄之病，不是耽于山水之写景，就是囿于家事之琐细，旧闻之陈腐，酬酢之空虚，旅游之肤浅，久之也就难以为继。晓风的散文近年在题材上颇见拓展，近将出版的《你还没有爱过》一书可以印证她的精神领域如何开阔。在风格上，晓风能用知性来提升感性，在视野上，她能把小我拓展到大我，乃能成为有分量有地位的一流散文家。

《你还没有爱过》里面的十五篇散文，至少有八篇半是写人物——《承受第一线晨曦的》只能算是半篇。这些人物，有的是文化界已故的前辈，像洪陆东、俞大纲、李曼瑰、史惟亮；有的是曾与晓风协力促进剧运的青年同伴，像姚立含、黄以功；更有像温梅桂那样奋斗自立的泰雅尔族山胞。后面的三个人物写得比较详尽，但也不是正式的传记。前面的四个名人则见首而不见尾，夭矫云间，出没无常，只是一些生动的印象集锦。而无论是速写或详叙，这些人物在晓风的笔下，都显得亲切而自然，往往只要几下勾勒，颊上三毫已见。晓风的笔触，无论是写景、状物、对话或叙事，都是快攻的经济手法，务必在数招之内见功，很少细针密线的工笔。所以她的段落较短，分段较多，事件和情调的发展爽利无碍，和我一般散文的长段大阵，颇不相同。晓风的文笔还有一项能耐，便是雅俗、文白、巧拙之间的分寸，能依主题的需要而调整，例如写耆宿洪陆东时的老练，便有别于《蜗牛女孩》的坦率天真。

几篇写人物的散文之中，我认为味道最浓笔意最醇的，是《半局》和《看松》。这两篇当然不是传记，而是作者一鳞半爪的切身感受和亲眼印象，却安排得恰到好处，真有"传神"之功。也许晓风和文中的两位人物——一位是她的系主任，一位是同事——相知较深，所以往事历历，随手拈来，皆成妙谛，比起其他人物的写照来，更见突出。我认为这种用散闻轶事串成的人物剪影，形象生动，意味隽永，是介于《史记》列传和《世说新语》之间的笔法，希望晓风以后多加发挥。尤其是《半局》一篇，墨饱笔酣，六千字一气呵成，其中人物杜公的意态呼之欲出，不但是晓风个人的杰作，也是近年来散文的妙品。我甚至认为，《半局》的老到恣肆之处，鲁迅也不过如此。请看下列这一段：

有一天，他和另一个助教谈西洋史，那助教忽然问他那段历史中兄弟争位后来究竟是谁死了，他一时也答不上来，两个人在那里久久不决，我听得不耐烦：

“我告诉你，既不是哥哥死了，也不是弟弟死了，反正是到现在，两个人都死了。”

说完了，我自己也觉一阵悲伤，仿佛《红楼梦》里张道士所说的一个吃它一百年的疗妒羹——当然是效验的，百年后人都死了。

杜公却拊掌大笑：

“对了，对了，当然是两个都死了。”

短短的一段文字里，从历史的徒劳到人生的空虚，从作者的伤感到杜公的豁达，几番转折，真是方寸之间有波澜。再看结尾的一段：

对于那些英年早逝弃我而去的朋友，我的情绪与其说是悲哀，不如说是愤怒！

正好像一群孩子，在广场上做游戏，大家才刚弄清楚游戏规则，才刚明白游戏的好玩之处，并且刚找好自己的那一伙，其中一人却不声不响地半局而退了，你一时怎能不愕然得手足无措，甚至觉得被什么人骗了一场似的愤怒！

这一段的比喻十分贴切，而对于朋友夭亡的反应，不是悲哀，却是愤怒，好像没可奈何之中，竟迁怒造化的无端弄人。

这，就是我所谓作者的英伟之气。《半局》的题目就取得很好，而尤见功力的，是文中感情的几经变化，那样“半忘年交”的友谊，戏谑中有尊敬，低回中有豪情，疏淡中寓知己，读来真是令人“五内翻涌”。

这样的杰作，在民初的散文里也不多见。可是晓风散文的多度空间里，比他们要多一度空间，那便是现代文学，尤其是现代诗的启示。像《半局》中的这一段：

> 杜公是黑龙江人，对我这样年龄的人而言，模糊的意念里，黑龙江简直比什么都美，比爱琴海美，比维也纳森林美，比庞贝古城美，是榛莽渊深，不可仰视的。是千年的黑森林，千峰的白积雪加上浩浩万里、裂地而奔窜的江水合成的。

便是我前文所谓“第三代的散文”，因为它速度快，笔力强，一气呵成，有最好的现代诗那种莽莽苍苍的感性。仅有感性，当然不足以成散文大家，但是笔下如果感性贫乏，写山而不见其峥嵘，写水而不觉其灵动，却无论如何成不了散文家。晓风写景记游的一些近作如《常常，我想起那座山》，在抒情散文的创作上成就惊人，“临场感”（sense of immediacy）甚为饱满的感性，经灵性和知性的提升之后，境界极高。在这种散文里，晓风已经是一位不分行的诗人了。晓风偶尔也写些诗，但句法刚直，语言嫌露，佳作不多。我倒觉得，能在写景或抒情的散文里挥洒诗才，也是一种高妙之境，原不一定非要去经营“分行的艺术”。其实，晓风散文中写景之句，论空灵，论秀逸，论气魄，比起许多现代诗的佳句来，并不逊色。《常常，我想起那座山》中许多附有小标题的片段，都是笔法精简感性逼人眉睫的妙品，例如写梅骨的一段，真能攫住老柯心里秘藏欲发的生机。又如她写夜色，有这样的句子：“深夜醒来我独自走到庭中。四下是澈底的黑，衬得满天星子水清清的。”又说：“文明把黑夜弄脏了，黑色是一种极娇贵的颜色，比白色更沾不得异物。”下面的一段设想奇妙，那种想象力，真可以博得东坡一笑。

山从四面迭过来，一重一重地，简直是绿色的花瓣——不是单瓣的那一种，而是重瓣的那一种——人行水中，忽然就有了花蕊的感觉，那种柔和的，生长着的花蕊，你感到自己的尊严和芬芳，你竟觉得自己就是张横渠所说的可以“为天地立心”的那个人。

再看下面这一段：

十一点了，秋山在此刻竟也是阳光炙人的，我躺在复兴二号[1]下面，想起唐人的传奇，虬髯客不带一丝邪念卧看红拂女梳垂地的长发，那景象真华丽。我此刻也卧看大树在风中梳着那满头青丝，所不同的是，我也有华发绿鬓，跟巨木相向苍翠。

这真是神乎其想的豪喻，晓风身为女作家，不自比红拂女，却自拟髯客，正是我所谓的英伟之气。至于“华发绿鬓，跟巨木相向苍翠”一句，也有辛弃疾山人相看妩媚之意，仍是自豪的。在同一章中，晓风又喻那擎天神木为“倒生的翡翠矿”，也是匪夷所思。此文的“后记”第三则又说：

夏天，在一次出国旅行之前，我又去了一次拉拉山，吃了些水蜜桃，以及山壁上倾下来的不花钱的红草莓。夏天比秋天好的是绿苔上长满十字形的小紫花，但夏天游人多些，算来秋天比夏天多了整整一座空山。

整段文字清空自在，不用说了，奇就奇在最后那一句：“算来秋天比夏天多了整整一座空山。”照讲夏天叶茂人多，应该夏多于秋才对，但作者神思异发，认为入山贵在就山，不在就人，所以要比空寂之美，却是秋富于夏。这种妙笔，散文

① 指神木编号。

家也不输诗人。

张晓风这本新书里佳作尚多，不及一一细析，但还有一篇值得再三诵读的，便是书名所用的《你还没有爱过》。此地所谓的爱，是国家民族的大我之爱。作者感奋于民初青年慷慨报国的忠义精神。她一面瞻仰早期军校朴拙而庄严的同学录，一面从那些古色古香的通信地址去揣摩那些相中人物乡镇的情景，领着读者作纸上的故国神游：

郭孝言　年十九　镇江城内小市口杜宅后院

章　甫　年廿三　湖南永州老县门口章吉祥药号交

李亚丹　年廿二　湖南岳州桃林喻义兴宝号转旧屋李家

就这么几十个简单而又落实的地址，便激发了作者无穷的乡国之思，同胞之爱，引爆了她光华四射的想象。这些古色斑斓胆气照人的名录，具体可握如历史的把手，作者逐条加上自己的按语，就像实地低回时心中起伏波动的意识流，虚实相激相荡，真是善作安排。及其高潮，下面的这段文字更是喷薄而出：

只为一声戍角，那些好男儿从稻田从麦田从高粱田，从商行，从药铺，从磨坊，从鱼行，从杂货铺，从酒坊一一走出来，就这样，走出一番新翠照眼的日月山川，不知为什么，越读那些土里土气的小地名，越觉有万千王师的气象，每翻一张扉页，竟觉得在腕底翻起的是飒飒然的八方风雨。

能写出这种节奏，这种气魄，这种胸襟的散文，张晓风不愧是第三代散文家里腕挟风雷的淋漓健笔，这支笔，能写景也能叙事，能咏物也能传人，扬之有豪气，抑之有秀气，而即使在柔婉的时候也带一点刚劲。在散文的批评里，梁实秋的风趣，思果的恬淡，琦君的温馨，早经公认，赏析已多，但散文天地的广阔正如人生，淡有淡味，浓有浓情，怀旧的固然动人温情，探新的也能动人激情。说散文一定要像橄榄或青茶，由来已久，其实是画地为牢。谁规定散文不可以像哈密瓜像酒？韩潮苏海，是橄榄或清茶吗？散文的读者不妨拓展自己的视域，也来欣赏张晓风的豪秀，杨牧的雅丽。

张晓风既有天才，又有学力，更有可惊的精力与毅力，我热切希望她能尽展所长，少作秀，少编书，少写别人也会写的那些俏皮小品或应景文章，把她的大才用来创新并突破散文的华严世界。

一九八一年一月于厦门街

散文的知性与感性

——为苏州大学“当代华文散文国际研讨会”而作

一

文学作品给读者的印象，若以客观与主观为两极，理念与情感为对立，则每有知性与感性之分。所谓知性，应该包括知识与见解。知识是静态的，被动的，见解却高一层。见解动于内，是思考，形于外，是议论。议论要有层次，有波澜，有文采，才能纵横生风。不过散文的知性仍然不同于论文的知性，毕竟不宜长篇大论，尤其是刻板而露骨的推理。散文的知性该是智慧的自然洋溢，而非博学的刻意炫夸。说也奇怪，知性在散文里往往要跟感性交融，才成其为“理趣”。

至于感性，则是指作品中处理的感官经验；如果在写景、叙事上能够把握感官经验，而令读者如临其境，如历其事，这作品就称得上“感性十足”，也就是富于“临场感”（Sense of immediacy）。一位作家若能写景出色，叙事生动，则抒情之功已经半在其中，只要再能因景生情，随事起感，抒情便能奏功。不过这件事并非所有的散文家都做得到，因为写景若要出色，得有点诗人的本领，叙事若要生动，得有点小说家的才能，而进一步若要抒情，则更须诗人之笔。生活中的感性要变成笔端的感性，还得善于捕捉意象，安排声调。

另一方面，知性的散文，不论是议论文或杂文，只要能做到声调铿锵，形象生动，加上文字整洁，条理分明，则尽管所言无关柔情美景或是慷慨悲歌，仍然有其感性，能够感人，甚至成为美文。且以王安石的《读孟尝君传》为例：

> 世皆称孟尝君能得士，士以故归之，而卒赖其力，以脱于虎豹之秦。嗟乎！孟尝君特鸡鸣狗盗之雄耳，岂足以言得士？不然，擅齐之强，得一士焉，宜可以南面而制秦，尚何取鸡鸣狗盗之力哉？夫鸡鸣狗盗之出其门，此士之所以不至也。

短短九十个字，回旋的空间虽然有限，却一波三折，层层逼近，而气势流畅，议论纵横，更善用五个“士”和三个“鸡鸣狗盗”形成对照，再以鸡犬之弱反比虎豹之强，所以虽然是知性的史论，却富于动人的感性。在美感的满足上，这篇知性的随笔竟然不下于杜牧或王安石自己咏史的翻案诗篇。足见一篇文章，只要逻辑的张力饱满，再佐以恰到好处的声调和比喻，仍然可以成为散文极品，不让美文的名作“专美”。

因此感性一词应有两种解释。狭义的感性当指感官经验之具体表现，广义的感性甚至可指：一篇知性文章因结构、声调、意象等的美妙安排而产生的魅力。也就是说，感性之美不一定限于写景、叙事、抒情的散文，也可以得之于议论文的字里行间。

二

纯感性的散文可称美文，除了文体有别之外，简直就是诗了。六朝的骈俪文章，尤其像江淹的《恨赋》《别赋》之类，正是纯感性的美文。但是中国文化毕竟悠久，就连这样的美文也不脱历史的背景。若求其更纯，或可向小品之中去寻找。齐梁间文人的小简，在清丽的对仗之下，每有此种短篇佳制。刘潜《谢始兴王赐花纨簟启》便是美丽的样品：

> 丽兼桃象，周洽昏明，便觉夏室已寒，冬裘可袭；虽九日煎沙，香粉犹弃，三旬沸海，团扇可捐。

寥寥三十五字，焦点只集中在一个感性上：收到的桃枝簟与象牙簟触肌生凉，虽在三伏盛暑，亦无须敷粉挥扇。相对于这种纯感情的散文，韩愈的不少议论文章，例如《原道》《原毁》《师说》《讳辩》，讨论的都是抽象的理念，可谓之纯知性的散文。不过，正如法国作家布丰所言："风格即人格。"在一切文体之中，散文是最亲切、最平实、最透明的言谈，不像诗可以破空而来，绝尘而去，也不像小说可以戴上人物的假面具，事件的隐身衣。散文家理当维持与读者对话的形态，所以其人品尽在文中，伪装不得。

散文常有议论文、描写文、叙事文、抒情文之分；准此，则其第一类应是知性散文，其余似乎就是感性散文了。其实，如此分类，不过便于讨论而已。究其真相，往往发现散文的名作，在这些功用之间，只是有所偏重，而非断然可分。文章的风格既如人格，则亦当如完整的人格，不以理绝情，亦不以情蔽理，而能维持情理之间的某种平衡，也就是感性与知性的相济。也因此，知性散文之中，往往有出色的感性片段；反之，在感性散文里，也每有知性的片段令人难忘。例如曹丕的《典论论文》，本质当然是知性的，可是读者印象最深的，却是"盖文章经国之大业，不朽之盛事"以后的一段。那一段究竟算是知性还是感性，固难断言，可是到了篇末这几句，高潮涌起，感慨多于析理，则显然是感性的：

古人贱尺璧而重寸阴，惧乎时之过已。而人多不强力，贫贱则慑于饥寒，富贵则流于逸乐，遂营目前之务，而遗千载之功：日月逝于上，体貌衰于下，忽然与万物迁化，斯志士之大痛也。

同样地，《丘迟与陈伯之书》对于叛将晓之以义，动之以情，戒之以史，大致上是一篇知性文章，但其传世之句，却是“暮春三月，江南草长，杂花生树，群莺乱飞”最富感性的这一段。反之，《前赤壁赋》原为感性抒情之作，但是苏子答客的一段，就地取材，因景立论，而以水月为喻，却转成知性的高潮。“盖将自其变者而观之，则天地曾不能以一瞬；自其不变者而观之，则物与我皆无尽也。”知性的哲理乃成为感性美文的脊椎，支撑起全篇的高超洒脱。同理，《阿房宫赋》是一篇华丽的辞赋，前三段恣意铺张，十足成了描写文。但从第四段的“嗟乎”起，虽仍维持写景的排比句法，却渐从感性摆渡到知性。到了末段，正式进入知性的高潮：

呜呼！灭六国者，六国也，非秦也。族秦者，秦也，非天下也。嗟夫！使六国各爱其人，则足以拒秦；使秦复爱六国之人，则递三世可至万世而为君，谁得而族灭也。秦人不暇自哀，而后人哀之。后人哀之而不鉴之，亦使后人而复哀后人也。

议论一波三折，鞭辟入里，顿挫之中，势如破竹，层层相推，乃逼出最后的结论。逻辑饱满的张力，一路推向结论的高潮，其为美感，绝不逊于写景鲜活、叙事生动、抒情淋漓尽致的感性高潮。何以知性的议论也会产生美感呢？那是因为条理分明加上节奏流畅，乃能一气呵成，略无滞碍。理智的满足配合生理的快感，乃生协调和谐之美。就文论文，不难发现《阿房宫赋》末段的句办，不但语多重叠，而且句多类似，一路读来，节奏自多呼应，转折之处更多用“而”字来调节，尤觉灵敏。这么安排句法，语言本身就已形成一种感性系统了。

准此，则把散文分成知性与感性，往往失之武断，并无太大意义。许多出色的散文，常见知性之中含有感性，或是感性之中含有知性，而其所以出色，正在两者之合，而非两者之分。就像一面旗子，旗杆是知性，旗是感性：无杆之旗正如无旗之杆，都飘扬不起来。文章常有硬性、软性之说：有杆无旗，便失之硬性；有旗无杆，又失之软性。又像是水果，要是一味甜腻，便属软性，而纯然苦涩呢，便属硬性。最耐品味的水果，恐怕还是甜中带酸，像葡萄柚那样吧。

所以太硬的散文，若是急于载道说教，或是矜博炫学，读来便索然无趣。另一方面，太软的散文，不是一味抒情，便是只解滥感，也令人厌烦。老实说，不少所谓的“散文诗”过分追求感性，沉溺于甜腻的或是凄美的诗情画意，正是此种软性散文。其实，不论所谓“散文诗”或是所谓“美文”，若是一味纯情，只求唯美，其结果只怕会美到“媚而无骨”，终非散文之大道。有一本散文集，以纯抒情为标榜，序言便说："纯抒情散文是梦，是星空烟雨，是三月的柔思，是十月的秋云。"这几句话，尤其是"星空烟雨"一句，是否妥当，姑且不论，但是这样的风格论，要把散文等同于诗，而且是非常狭窄的一种抒情诗，恐也非散文之福。

要求作家下笔就得"载道"，不是自己的道，而是当道的道，固然是太"硬"了。反之，怂恿作家笔端常带"纯情"，到了脱离言志之境，又不免太"软"了。一位真正的散文家，必须兼有心肠与头脑，笔下才能兼容感性与知性，才能"软硬兼施"。

三

唐宋八大家，而后世尤崇韩、柳、欧、苏。其中道理，当有专家深入分析。若以知、感兼擅为多才的标准，来权衡"八大"，则苏洵与曾巩质胜于文，几无美文可言。苏辙最敬爱兄长，也确有几篇传世的感性美文，亦能诗，堪称多才。剩下一个王安石，能文之外，兼擅诗词，当然称得上多才。不过就文论文，他笔下的感性固然胜于老苏与曾巩，但比之"四大"，却也较为质胜于文。拿《游褒禅山记》跟《石钟山记》来比，两篇都是游记，也都借题发挥，议论纵横而达于结论。然而借以发挥的那个"题"本身，亦即游山的感性部分，则苏轼的文章感性强烈，如临其境，显得后文的议论真是有感而发；王安石的文章却感性平淡，未能深入其境，乃显得后文的议论滔滔有点无端而发。总而言之，苏文的感性与知性融洽，相得益彰，王文的感性嫌弱，衬不起知性。

因此我不禁要说，同样是散文家，甚至散文大家，也有专才与通才之分。专才或偏于知性，或偏于感性，唯有通才始能兼擅。以此来衡量才之宽窄，不失为一种可靠的标准。例如苏轼，在论人的文章里，其知性与抒情的成分尚有浓淡之分：《晁错论》几乎不抒情，至于《范增论》《贾谊论》《留侯论》，则抒情成分一篇浓于一篇。《方山子传》又别开生面，把抒情寓于叙事而非议论。至于《喜雨亭记》《凌虚台记》《超然台记》《放鹤亭记》《石钟山记》等五记，却又在抒情文中带出议论，其间情、理的成分虽各不同，但感性与知性的交织则一。更多姿的该是赤壁二赋：两篇都是抒情文，但是前赋在饱满的抒情之中，借水月之喻来说理，兼有知性，后赋却纵情于叙事与写景，纯是感性。苏轼兼为诗宗词豪，姑且不论，即以散文一道而言，其才之宽，亦不愧“苏海”。

四

自从新文学运动以来，散文一直是文坛的主力，虽然不如诗与小说那么勇于试验而变化多端，却也不像这两种文体那么历经欧风美雨而迷惑于各种主义、各种派别。散文的发展最为稳健，水准最为整齐，而评价也较有共识。在所有文体之中，散文受外来的影响最小，因为它原来就是中国古典文学的主力所在，并且有哲人与史家推波助澜；而在西方，尤其是到了现代，它更是弱势文体，不但作家逐渐凋零，连评家也不很重视。和诗、小说、戏剧等文体相比，散文的技巧似乎单纯多了，所以更要靠文字本身，也更易看出“风格即人格”。

新散文中当然也有知性与感性的对比。如果哲学家、史学家、教育家、社会学等人文学科的学者，甚至报刊的主笔、专栏作家，等等，笔下兼具文采，则其文章应该算是广义的知性散文，而且当然言之有物。可惜一般文艺青年所见太浅，品位又狭，不免耽于感性，误会软性的散文才是正宗的散文。其实文学评论如果写出了文采，塑造了风格，像《文心雕龙》《人间词话》那样，其本身也可以当作品来观赏。我在高中时代，苦读冯友兰的《人生哲学》，不太能够领会，嫌其文体有点不新不旧，不文不白。后来读到罗家伦的《新人生观》，费孝通的《重访英伦》，便欣然有所会心。但是给我启发最大的，却是朱光潜的《给青年的十二封信》与《给青年的十三封信》。这两本文艺欣赏的入门书，流行于三十、四十年代，很少人把它当作知性散文来读。我这位高中生却一字不苟地读了好几遍，不但奉为入门指南，更当作文字流畅、音调圆融、比喻生动的散文来体会。

俗语说得好，“唯大英雄能本色”，所谓艺术的生活就是本色的生活。世间有两种人的生活最不艺术，一种是俗人，一种是伪君子。“俗人”根本就缺乏本色，“伪君子”则竭力遮盖本色。

朱光潜的文章，早在六十年前竟就写得如此清畅自然，颇为可贵。日后我自己写起知性散文来，不仅注意要言之有物，更知道要讲究节奏与布局，正是始于孟实先生的启蒙。

至于感性的散文，当然应该求之于当行本色的散文家。许多人很自然就想到了徐志摩，想到他的诗情画意。徐志摩原是诗人，下笔自然富于诗情画意，以散文艺术观之，其胜正在抒情、写景，《我所知道的康桥》可以印证。此文颇长，共分四段。就首段的缘起，次段的说理看来，叙事平平，议论也欠警策，均非所长；一直要等到后两大段描写康桥景色，并引发所思所感，才能读到十足的美文。更长的一篇《巴黎的鳞爪》，缺乏知性来提纲挈领，失之芜杂，感性的段落固多佳句，但每逢说理，便显得不够透彻练达。这是我读韩潮苏海时未有的缺憾。

这种缺憾，见之于另一位诗人散文家的感性散文，情形恐怕更甚于徐志摩：那就是何其芳。其实，早期的散文家里，感性散文写得最出神最出色的，恐怕得数名气不及徐志摩而夭亡却更早的一位作家——陆蠡。在抗战期间，他被日军逮捕，继而杀害，成为早期新文学莫大的损失。陆蠡的独创在于断然割舍冗文赘念，而全然投入一个单纯的情境，务求经营出饱满的美感。也许议论亦非他所长，但是他未曾“添足”，所以你也捉不到他的短处。例如《贝舟》一文，破空而来，戛然而止，中间的神秘之旅原来是一场白日梦。此文幻而似真，叙事、写景，笔法都飘逸清空，不像徐志摩那么刻意着墨，已经摆脱了写实的局限。《囚绿记》里，一个寂寞的人把窗外的常春藤牵进房来，做他的绿友，终于怜其日渐憔悴，又把这绿囚释回。不待细赏本文，仅看文题，已觉其别出心裁了。最出神入化的一篇，《谶》，只从一丝萦念的线头，竟抽出了一篇唯美而又多情的绝妙小品。且看下面所录怎样无端地破题，才一转瞬，方寸之间早已开辟出如何的气象：

> 曾有人惦记着远方的行客，痴情地凝望着天际的云霞。看它幻化为舟，为车，为骑，为舆，为桥梁，为栈道。为平原，为崇岭，为江河，为大海，为渡头，为关隘，为桃柳夹岸的御河，为辙迹纵横的古道，私心嘱咐着何处可以投宿，何处可以登游，何处不应久恋，何处宜于勾留，复指点着应如何迟行早宿，趋吉避凶……

陆蠡不愧是散文家中的纯艺术家，但仅凭如此的美文，却不能充分满足我们对散文情、理兼修，亦即文质彬彬的要求。于是我们便乞援于“学者的散文”。

这名称有点望之俨然，令人却步，其实不必紧张。此地的学者当然不是食古不化、泥洋不通的学究学阀，而是含英咀华，出经入典，文化熏陶有素，却又不失天真、常保谐趣的从容心灵。这种心胸坦对大千，以万象为宾客，富于内者溢于外，写散文小品，不过是厚积的学力，活泼的想象、敏锐的观察，在沉静中的自然流露，真正是“风格即人格”，一点做不得假。不过学者所长往往正是所短，因为博极群籍之余，每一下笔，那些名句常会不招自来，如果才气不足以驱遣学问，就会被其所困，只能凑出一篇稳当而平庸之作。所以愈是学富，就更必须才高，始能举重若轻，写出真正的学者散文。

学者的散文当然也要经营知性与感性，更常出入于情理之间。我曾经把这种散文叫作“表意”的散文，因为它既不要全面的抒情，也不想正式的说理，而是要捕捉情、理之间洋溢的那一份情趣或理趣。如果文章的基调在感性，例如抒情、叙事或写景、状物，则其趣味偏于情趣；梁实秋的《雅舍小品》属于此类。如果基调是在知性，在于反复说明一个观念，或是澄清一种价值，则不论比喻有多生动，其兴会当偏于理趣；钱锺书的《写在人生边上》有不少小品属之。这里面的消长微妙交错，难以截然区分，但仍然可以感觉。《雅舍小品》的知性较少，而且罕见长篇大论。梁实秋来台后仍保存这种作风，例如：

> 家居不可无娱乐。卫生麻将大概是一些太太的天下。说它卫生也不无道理，至少上肢运动频数，近似蛙式游泳。

这当然是一种情趣，因为蛙式游泳的妙喻是感性的。反之，下列这一段摘自钱锺书的《吃饭》，尽管也有妙喻，但由于旨在说明观念，其妙却在理趣：

> 吃饭有时极像结婚，名义上最主要的东西，其实往往是附属品，正如讨阔佬的小姐，宗旨倒并不在女人。这种主权旁移，包含着一个转了弯的不甚素朴的人生观。

不过，钱锺书毕竟是《围城》与《人兽鬼》的作者，除了王尔德式的理趣之外，当然也擅于感性的抒情，《一个偏见》的这一段足以证明：

> 每日东方乍白，我们梦已回而困未醒，会听到禽声无数，向早晨打招呼。那时夜未全消，寂静还逗留着来庇荫未找清的睡梦。数不清的麻雀的鸣噪，琐碎得像要啄破了这个寂静；乌鹊的声音清利像把剪刀，老鹳鸟的声音滞

涩而有刺像把锯子，都一声两声的向寂静来试锋口。

十七世纪英国玄学派诗人，如多恩与马韦尔，好用几何学的圆规、角度、线条等知性意象来比喻感性的爱情，中国作家却擅用感性的风景来象征文化与历史。比梁实秋、钱锺书晚出三十多年的余秋雨，把知性融入感性，举重若轻，衣袂飘然走过了他的《文化苦旅》。他在三峡的起点这么说：

白帝城本来就熔铸着两种声音、两番神貌：李白与刘备，诗情与战火，豪迈与沉郁，对自然美的朝觐与对山河主宰权的争逐。它高高地矗立在群山之上，它脚下，是为这两个主题日夜争辩着的滔滔江流。

一九九四年五月三十一日

余光中年表

1928 重九日生於南京，祖籍福建永春。

1937 抗战初起，隨母逃难，輾轉抵達重庆。

1940 入四川江北悅来場南京青年会中学。

1945 抗战結束，隨父母回南京。

1947 南京青年会中学畢業。考取北大与金陵大学，因北方战乱，入金大外文系。

1949 轉学厦大，在厦门报上發表诗与评論。

1950 五月来台，考入台大外文系。

1952 台大畢業。《舟子的悲歌》出版。

1953 服役，任少尉編譯官。

1954 与鍾鼎文、覃子豪、夏菁等創「藍星诗社」。

1956 与范我存结婚。

1957 《梵谷传》与《老人和大海》中译本出版。

1958 六月，長女珊珊生。七月，丧母。十月，赴美在爱奥華大学修文学創作，美國文学、現代藝術。

1959 回台，任師大英語系講師。次女幼珊生。

1960 诗集《万聖節》、《鐘乳石》及《英诗譯註》出版。

1961 与梁实秋、張爱玲、宋淇等合譯之《美國诗选》在港出版。三女佩珊生

1964 赴美，担任Fulbright Visiting Professor。

1965 四女季珊生。

1966 回台，升任師大副教授。

1969 美國教育部聘任科罗拉多州教育厅外國課程顧问。寺鐘学院客

《天國的夜市》出版。
座教授二年。詩集《敲打樂》、《在冷战的年代》

1971 回台，升任師大教授。主持「世界之窗」節目，推廣搖滾樂。

1972 獲澳洲政府文化獎金，訪澳二月。轉任政大西語系主任。

1973 主編政大《大一英文讀本》。

1974 詩集《白玉苦瓜》、散文集《听听那冷雨》出版。轉任香港中文大学中文系教授。

1975 楊弦譜余氏詩八首，在台北中山堂演奏，引發現代民歌運動。

1980 回台一年，任師大英語系主任。

1985 回台，任中山大学文学院院長。次年，主办「木棉花文藝季」，写主題詩《讓春天從高雄出發》。

父余超英逝世。

1992 应北京社会科学院之请讲学。此为四十三年後首次回鄉，迄今去大陸講学已有十六年，受聘担任客座教授之大学，包括母校南京大学与厦门大学，已逾二十所。在大陸各省市出版專書也超过二十种。诗文多篇廣泛收入大、中、小学课本。应英國文藝協会之请，与北島、張戎、湯婷婷参加「中國作家之旅」，巡迴訪問英國六城市。

1995 参加母校厦门大学校庆，在中文系英文系各演講一場。

1998 中山大学文学院与筆会合办余氏作品之朗诵与研讨会，庆祝余氏七十大壽。

1999 中山大学聘為「光華講座教授」。

2000 散文集《左手的繆思》列於季羡林主編之《当代中國散文八大家》，由